よろず占い処　陰陽屋開店休業

天野頌子

ポプラ文庫ピュアフル

もくじ

よろず占い処　陰陽屋開店休業

◆登場人物一覧◆

安倍祥明《あべのしょうめい》　陰陽屋の店主。陰陽屋をひらく前はクラブドルチェのホストだった。

沢崎瞬太《さわざきしゅんた》　陰陽屋のアルバイト高校生。実は化けギツネ。新聞部。

沢崎みどり　瞬太の母。王子稲荷神社で瞬太を拾い、育てている。看護師。

沢崎吾郎《ごろう》　瞬太の父。勤務先が倒産して主夫に。趣味と実益を兼ねてガンプラを製作。

沢崎初江《はつえ》　吾郎の母。谷中で三味線教室をひらいている。

小野寺瑠海《おのでらるみ》　みどりの姪。気仙沼の高校生。妊娠中。

安倍優貴子《ゆきこ》　祥明の母。息子を溺愛するあまり暴走ぎみ。

安倍憲顕《のりあき》　祥明の父。学者。蔵書に目がくらんで安倍家の婿養子に入った。

安倍柊一郎《しゅういちろう》　優貴子の父。学者。やはり婿養子。学生時代、化けギツネの友人がいた。

山科春記《やましなはるき》　優貴子の従弟。主に妖怪を研究している学者。別名妖怪博士。

槙原秀行《まきはらひでゆき》　祥明の幼なじみ。コンビニでアルバイトをしつつ柔道を教えている。

葛城《かつらぎ》　クラブドルチェのバーテンダー。実は化けギツネ。月村颯子を捜していた。

雅人《まさと》　クラブドルチェの元ナンバーワンホスト。現在はフロアマネージャー。

高坂《こうさか》史尋《ふみひろ》　瞬太の同級生。通称委員長。新聞部の部長。

江本《えもと》直希《なおき》　瞬太の同級生。自称恋愛スペシャリスト。新聞部。

岡島《おかじま》航平《こうへい》　瞬太の同級生。ラーメン通。新聞部。

三井《みつい》春菜《はるな》　瞬太の同級生で片想いの相手。陶芸部。祥明に片想い。

倉橋《くらはし》怜《れい》　瞬太の同級生で三井の親友。剣道部のエース。

青柳《あおやぎ》恵《めぐみ》　瞬太の同級生。瞬太に失恋。演劇部。

遠藤《えんどう》茉奈《まな》　瞬太の同級生。高坂のストーカー。新聞部。

浅田《あさだ》真哉《しんや》　瞬太の同級生で高坂をライバル視している。パソコン部。

金井《かない》江美子《えみこ》　陰陽屋の常連客。上海亭のおかみさん。

仲条《なかじょう》律子《りつこ》　陰陽屋の常連客。通称プリンのばあちゃん。

月村《つきむら》颯子《さつこ》　化けギツネの中の化けギツネ。別名キャスリーン。優貴子の旅行友だち。

葵呉《あおいくれ》羽《は》　颯子の姪。結婚後ずっと連絡がとだえていた。

葛城《かつらぎ》燐太郎《りんたろう》　葛城の兄。月村颯子に仕えていたが十八年前に死亡。

第一話

陰陽屋開店休業

一

ほんの十分前まで青空だったのに、急にはりだしてきた積乱雲が頭上をおおい、大粒の雨のシャワーをたたきつけてきた。

ほぼ同時に稲妻がひらめき、雷鳴をとどろかせる。

むせかえる雨と泥のにおい。

七月の激しい夕立に、商店街を歩いていた人たちは、慌《あわ》てて雨宿り先を探す羽目になった。

王子《おうじ》稲荷《いなり》神社のほど近くにある陰陽屋《おんみようや》は、古いビルの地下にあるので、稲妻の閃光《せんこう》は届かない。だが、轟音《ごうおん》は低く重く響き、ビルを小刻みにゆらす。

しかし今、狭く薄暗い店内では、荒天などものともせぬ三人の女性たちが、息詰まるにらみあいを続けていた。

むしろ雷鳴は彼女たちのバトルを盛り上げる効果音とすら思えるくらいだ。

一人は沢崎《さわざき》みどり。陰陽屋のアルバイト高校生にして化《ば》けギツネである沢崎瞬太《しゅんた》の育ての母で、王子中央病院の内科の看護師長でもある。

かなり過保護だが、愛情と責任感あふれる優しい母親だ。

一人は葵呉羽《あおいくれは》。化けギツネの中の化けギツネ、月村颯子《つきむらさつこ》の姪《めい》である。

呉羽が語ったところによると、十八年前、恋人の急死後、妊娠に気づき、父親が必要だと説得されて、高輪恒晴《たかなわつねはる》と結婚した。しかし恒晴の狙いが、颯子の血をひく子供であることに気づき、逃走。王子稲荷神社の境内《けいだい》に、瞬太を置き去りにしたのだという。

しかし呉羽は、とても高校生の子供がいるようには見えない。どう見ても二十代だ。

そこへ瞬太の母を名乗る女性が、もう一人、乱入してきた。都立飛鳥《あすか》高校の食堂で働く調理師で、通称「さすらいのラーメン職人山田《やまだ》さん」である。

この突然あらわれた第三の女性に関しては、今のところ、名前と職業以外は何もわからない。

三女性の無言の戦いを、陰陽屋の店主である安倍祥明《あべのしょうめい》と、沢崎瞬太本人、そして瞬太の育ての父で、みどりの夫である沢崎吾郎《ごろう》が遠巻きに見守っている。

祥明はつややかな長い黒髪、白の狩衣《かりぎぬ》に青藍《せいらん》の指貫《さしぬき》という、映画や漫画にでてくる陰陽師《おんみょうじ》の格好そのままだ。瞬太は牛若丸《うしわかまる》のような童水干《わらべすいかん》姿である。

また近くに雷が落ちたらしく、店内がビリビリとふるえたが、女性たちは微動だにしない。

「うわっ！」

ただ一人、瞬太だけがふさふさの尻尾《しっぽ》をぶわっと逆立て、後ろに倒した三角の耳を両手で押さえこむ。

「大丈夫？　瞬ちゃんは昔から雷が苦手だったもんね」

「う、うん……」

みどりが余裕の笑みで瞬太の背中をさすると、あとの二人は悔《くや》しそうな顔をする。

「あたしたち妖狐《ようこ》は聴覚の能力が人間とは桁違《けたちが》いなので、当然の反応です。普通の人間にはわからないと思いますが」

「ラーメン職人山田さん」はつり目をキラリとさせながら、親子であることをアピールした。今は耳も尻尾もだしていないが、この人も化けギツネのようだ。

山田さんとみどりの間に、見えないが激しい火花が散る。

「すみませんが」

三人の争いを見かねて、わって入ったのは祥明だった。

「山田さん……でしたね？　あなたが沢崎瞬太君の母親だという証拠は、何かあるんですか？」

さすがの祥明も今日は戸惑っているようで、歯切れが悪い。

「顔です」

祥明の問いに、山田さんは堂々と言い切った。

たしかにつり目は瞬太に似ている。

だが、目以外は、たいして似ていない。

そもそも化けギツネは、程度の差はあれ、みなつり目なのだ。

むしろ山田さんは、呉羽に面差《おもざ》しが似ているのではないだろうか。

二人の妖狐の女性たちは、つり目だけでなく、柔らかな頬《ほお》のラインや、ふっくらした唇、ほっそりときゃしゃな体型など、共通項が多い。

違いは、山田さんの方が五センチほど背が高く、眉がきりっとしているところだ。

それに、瞳が赤みがかった紅茶色をしている。

服装は呉羽がふんわりしたフレンチスリーブの薄い生地のブラウスに、長めのフレアスカートなのに対し、山田さんはノースリーブの白いシャツブラウスにタイトな黒いスカートで、より大人びた印象だ。

とはいえ山田さんも、せいぜい二十代後半にしか見えない。

「ひょっとして……あなた、佳流穂《かるほ》なの……!?」

呉羽がはっとして、山田さんに尋ねた。

「やっと気がついたの？　久しぶりね、呉羽」

山田さんは、フッと鼻先で笑う。

「お二人は知り合いですか？」

「呉羽の従姉《いとこ》で、月村佳流穂です」

佳流穂は自ら名乗った。

どうやら山田というのは偽名だったらしい。ひょっとしたら月村も通称かもしれないが。

そもそも化けギツネにも、戸籍のようなものはあるのだろうか。

「月村というと、颯子さんの？」

「娘です」

山田さんあらため佳流穂は、長い前髪をゆったりとかきあげ、不敵な笑みをたたえた。

二

そういえば月村颯子からも、佳流穂という娘がいると聞いたことがある。かれこれ五年は会っていないと言っていたが。

この佳流穂も、颯子の娘とあれば、それなりの妖力の持ち主のはずだ。

よくよく見れば、たしかに、少し不思議な気配をまとっている。

それがさすらいのラーメン職人をしているというのは、どういうことだろう。

よほどのラーメン好きなのか、あるいは、一カ所に定着できないタイプなのか。

そもそも化けギツネの親子、あるいは婚姻関係は、一体どうなっているのだろう。

ききたいことは山程あったが、祥明はぐっと我慢した。

まずは瞬太の母親の確定が先である。

「佳流穂、どうして自分が本当の母親だなんて、嘘をつくの?」

呉羽は困惑した表情で尋ねた。

「嘘をついているのは呉羽の方でしょ？　瞬太の母親はあたしよ」

佳流穂は腕組みし、冷ややかに呉羽を見おろす。

「嘘、嘘、嘘！」

かっとした様子で、呉羽は大声をあげる。

「そちらこそ」

こちらはこちらで、激しい火花がとびちった。

途方にくれた瞬太は、黙って、しょんぼりと立ちつくしている。

だんだん目つきもうつろになってきた。

わけのわからない急な展開に、頭も心もついていけず、フリーズ状態になっているのだ。

もっともそれはみどりと吾郎も同じで、化けギツネたちの子供じみた口喧嘩《くちげんか》に、呆然としている。

とんだ茶番だ。

「二人とも落ち着いてください。何か証拠になるものはありませんか？　赤ちゃんの頃の写真とか」

　祥明の言葉にはっとしたのは、みどりだ。

「そうね。母子手帳か、出生証明書のコピーがあれば確実よ！」

「証拠って言われても……。赤ちゃんを連れて逃げ出すので精一杯だったから、何もないわ……」

　呉羽は困り顔でもじもじした。

「だから、証拠はこの顔だって言ってるでしょ」

　佳流穂はすっかり居直っている。

　そういえば、佳流穂の母の颯子は、目の色が一緒だから、瞬太の母親は呉羽に違いない、と、自信満々で言い切っていた。

　さすが母と娘、顔のパーツが似ているだけで親子と決めつける強引な論法がそっくりだ。

　しかし呉羽も佳流穂も、決め手となる証拠は持ちあわせていないらしい。

「困りましたね。妖狐のＤＮＡを鑑定してもらうわけにもいかないし……。そうだ、王子稲荷にキツネ君を置き去りにした時の、ベビー服の色は？　実の母親なら答えられるはずです」

祥明はみどりを見ながら尋ねた。

みどりは祥明に、無言でうなずく。

みどりは瞬太を発見した時のことを、鮮明に記憶しているのだ
瞬太は顔をあげ、不安と緊張がないまぜになった視線を、うろうろとさまよわせた。

「水色よ」

「水色」

呉羽と佳流穂は同時に答える。

「あたりです」

みどりは渋面《じゅうめん》をつくってうなずいた。

これではどちらが本物の母親か判定できない。

正直な瞬太の耳が、ぱたりと伏せる。

「こうなったら、どちらの母親がいいか、本人に選んでもらいましょうよ」

佳流穂は右手を腰にあて、背筋をのばした。このふてぶてしさも颯子譲りだろう。

「あたしがお母さんよね、瞬太」

佳流穂は瞬太の右手をとった。

「えっ!?」

瞬太はびっくりして、半歩後ろにさがり、佳流穂の手をふりはらおうとするが、かえってきつく握られてしまう。

「産んだのはあたしよ！　あたしと暮らしましょう！」

呉羽も負けじと瞬太の左手を握った。

「ええっ!?　そんなこと言われても……」

瞬太は驚き、せわしなく二人の顔を見比べる。

呉羽は興奮して頬を紅潮させ、佳流穂は冷ややかににらみ返す。

どちらの瞳孔も細い縦長である。

「ちょっと、呉羽、その手を放しなさいよ！」

「嫌よ！」

両側からひっぱられ、瞬太は困り果てた。

「あ、あの、おれ……イタッ」

困惑と痛みで、瞬太の三角の耳はすっかり後ろに倒れている。

「やめてください！　瞬ちゃんが困ってるじゃないですか！」

みどりが強引に二人の手をふりほどいた。

瞬太を瞬ちゃんとよぶあたり、みどりも平静ではない証拠だ。

「どちらが本当の母親かはっきりしない以上、瞬ちゃんは今まで通り、うちで暮らすのが一番です」

「そ、そうだな」

みどりの主張に、吾郎も便乗した。だが三人の女の戦いに積極的に飛びこんでいくだけの胆力《たんりょく》はないようで、小声である。

「それはないわ。もう瞬太が人間と暮らすのは限界よ」

「いつまでも大人にならない子供がいたら、人間のご両親にも迷惑をかけてしまいます」

妖狐たちは口を揃えて主張した。

この点においてのみ、二人の意見は一致しているらしい。

実際、呉羽と佳流穂は、かなり若く見える。

化けギツネは人間と年のとり方が違うというのは、本当なのだろう。

「瞬太だって、これまで育ててくれた沢崎さんたちに、迷惑をかけたくないでしょう？」

佳流穂に、赤みが強い紅茶色の瞳で見つめられ、瞬太は愕然とした。

「め……いわく？」

ハンマーで思いっきり殴られたような衝撃が、瞬太の頭をかけめぐる。

「そう、迷惑。かけたくないわよね？」

「えっ、う、うん……」

迷惑。

いつまでも大人にならない子供は、みどりと吾郎に迷惑をかけてしまうのか……!?

瞬太は蒼《あお》ざめ、ふらついた。

耳も尻尾も、力なく下をむく。

「気にしないでいいのよ、瞬ちゃん」

「そうだぞ、瞬太。何とかなるって」

いつも過保護なみどりと吾郎が、優しい言葉をかけてくれる。

自分はいるだけで、この両親に、迷惑をかけることになる……？

「あの……あの、おれ」

一体どうしたらいいんだ？

頭が真っ白になってしまい、何も考えられない。

「おれ、えっと……」

足もとがぐらつき、まわりの景色が、ゆらゆらゆれている。

胸が苦しくて、息ができない。

今、みんなは何の話をしていたんだっけ。

そうだ、迷惑をかけるって言われたんだ。

だから。

自分はここにいてはいけない、のか？

「その、ちょっと、買い物に行ってくる……」

「えっ!?」

こんな時に何を言ってるの、と、みどりが止めようとしたが、瞬太は財布を握って、店の外にとびだした。

一気に階段をかけあがる。

化けギツネなので、本気をだすとかなり早い。

「瞬ちゃん！」

みどりのよびかけに、瞬太はちらっと、泣きそうな顔で振り返った。

だがすぐに、どしゃぶりの中へかけだしていく。

みどりが後を追おうとするが、先にとびだしたのは吾郎だった。

「僕が行くから！」

「お願い！」

あっという間に小さくなっていく瞬太の後ろ姿を、吾郎は必死で追っていく。

呉羽も二人の後を追おうとするが、その腕を佳流穂がつかんだ。

「あの子には一人で考える時間が必要よ」

「だってあんな顔してたのに……！」

呉羽は佳流穂の手をふりほどこうとする。

「追いかけて何て言うつもり？　無理よ。あの子が自分で乗り越えるしかないわ」

「だけど……」

またもやもめはじめた妖狐たちを見て、祥明は肩をすくめた。

みどりは黒いドアを開けたまま、瞬太が消えていった雨の商店街を、ぼんやりと見あげている。

「みどりさん」

祥明が声をかけると、みどりははっとしたように振りむいた。

ドアノブを握りしめるみどりの指に、祥明はそっと手をかさねる。

「濡れますよ。吾郎さんを待ちましょう」

「あ……ごめんなさい、せっかく冷房がきいてるのに」

みどりはドアを閉め、ほう、と、息を吐いた。

三

気まずい十分間の後。

ずぶ濡れの吾郎が、しおしおと戻ってきた。

「だめだった……。あっという間に、見失ってしまって……。近くのコンビニを回ってみたけど、どこにもいなかったよ」

吾郎がゆっくりと首を横にふると、髪から水がしたたり落ちる。

「一体どこまで行ったのかしら……」

みどりはため息をついた。

「キツネ君のスピードに追いつける人間はいませんよ。ひどい雷雨だし、じきに戻ってくるでしょう」

祥明は吾郎にタオルを渡しながら、なぐさめる。

「そうですね、どこかで眠りこんでないといいんですけど」

吾郎はタオルで髪をふきながら苦笑した。

「さてと」

祥明はあいかわらず険悪な雰囲気でもめている化けギツネたちの方をむく。

「これ以上、水かけ論を続けても時間の無駄のようです。肝心の本人も逃げだしたことですし、今日のところはお引き取りください」

有無を言わせぬ祥明の口調に、呉羽はしょんぼりと、佳流穂はしぶしぶといった様子でうなずいた。

「あの……あの子が帰ってきたら、教えてもらえますか？　心配なので……」

「あたしも」

呉羽がおずおずと、佳流穂は当然といった口調で祥明に頼む。

「わかりました。それでは連絡先をご記入ください」

祥明は二人に紙とペンを渡す。

「もし連絡がつかなくなったら、その時点で、母親候補からははずさせていただきますので」

「たかが人間ふぜいが、ずいぶん偉そうだこと。でも間近で見ると本当に整った顔をしてるわね。飛鳥高校の女子たちがきゃあきゃあさわいでいるのもわかるわ」

佳流穂の皮肉まじりの賞賛を、祥明は笑顔で聞き流した。

「それから、次にいらっしゃる時は、母親である証拠をお持ちください」

「だから言ってるでしょう？　あたしの……」

「顔以外でお願いします」

祥明にピシリと扇《おうぎ》を閉じられ、佳流穂は顔をしかめた。

「まあいいわ。連絡忘れないでね」

「もちろんです」

祥明はにっこり微笑《ほほえ》みながら、黒いドアをあける。

「それでは本日はご足労いただき、ありがとうございました」

まだ激しい雷雨が続いているが、祥明の有無を言わせぬ笑顔に、化けギツネたちはしぶしぶ階段をあがっていった。

二人が陰陽屋からでていくと、みどりはテーブル席の椅子にへたりこんだ。ずっと緊張していたのだろう。ひどく疲れた顔をしている。

「どっちが本物の母親なのかしら」

「何も証拠がないのでは、なんとも言えませんね。二人ともニセ母という可能性だってあります」

「そうですよね」

みどりと吾郎、そして祥明は顔を見合わせ、ため息をつく。

「呉羽さんさえ見つかれば、何もかも明らかになるのではないかと思っていたのですが、かえって混乱が深まりましたね」

祥明が閉じた扇を頬にあてて言うと、吾郎もうなずいた。

瞬太の両親は何者なのか。

そしてなぜ瞬太は王子稲荷神社の境内に置き去りにされたのか。

それは葛城《かつらぎ》の兄、燐太郎《りんたろう》の死にまつわる疑惑とは関係あるのか。

一つめと二つめの疑問に関しては、呉羽の証言で明らかにされたかに思えた。しかし、そもそも呉羽が母ではないとしたら、すべてが作り話だったことになる。

こうなっては、呉羽と佳流穂という名前すらもが疑わしい。

「瞬太が一番混乱しているでしょうね、かわいそうに。まさか母親候補が二人もあらわれるなんて」

「葛城さんに聞けば、あの二人のことが何かわかるかもしれないので、連絡してみます。夕方から深夜にかけてはドルチェが忙しいので、返事があるのは明日になると思いますが」

葛城というのは、祥明が以前ホストとして働いていたクラブドルチェのバーテンダーである。

葛城はずっと月村颯子を捜していたのだが、実は葛城自身も化けギツネであることが最近わかった。

呉羽の話が本当なら、葛城の兄の燐太郎が瞬太の父親である。つまり、葛城は瞬太の叔父《おじ》になるのだ。

「それにしても瞬太は帰ってきませんね。駅のむこうのスーパーまで行ったのかな」

ありがとうございました、と、吾郎は祥明に礼を言い、タオルを返す。

「ちょっと電話してみましょうか。でないかもしれませんけど」

みどりはバッグから携帯電話をとりだし、耳にあてた。

三秒後。

几帳《きちょう》でへだてられた店の奥の休憩室から、かすかな音楽が流れてくる。

「この曲……」

祥明は休憩室へむかい、瞬太が使っているロッカーの扉をあけた。案の定、制服のポケットに携帯電話が入っている。

「ありました」

軽やかな着信メロディを奏でる携帯電話を祥明が見せると、みどりは「あの子ったら……」とつぶやき、通話終了のボタンを押した。

すっぱい顔で、自分の携帯電話をバッグに戻す。

「とにかく」

こほん、と、みどりは咳払いをして、仕切り直した。

「お財布は持ってでたけど、たいした金額は入ってないはずです。お給料日前だし。どこかお金のかからないところで、雨やどりしてるんじゃないかしら？　アジアンバーガーとか、漫画喫茶とか」

みどりの言葉に、吾郎ははっとする。

「まさか、そこで寝こんでいるということは……」

「可能性は高そうですね」

祥明の言葉に、みどりと吾郎は、迷わず、首を縦に振った。

「となると、二、三時間は戻って来ないかもしれないわ……。あの子ったら、仕事中なのに申し訳ありません」

「お腹がすいたら、目がさめるとは思うのですが」

二人は同時に、祥明に頭をさげる。

「今日ばかりは事情が事情ですし、仕方がありませんよ。この天気ではお客さんも来そうにありませんから、お気になさらず」

雷鳴はだいぶ遠くなってきたが、雨音はあいかわらずである。

「ありがとうございます。それでは夜勤があるので、そろそろ病院へ行きますね」

瞬太はすぐには戻って来そうもない、と、みどりはあきらめたようだ。

「じゃあ僕も帰って、晩ご飯の支度をするかな」

沢崎夫妻は立ちあがり、祥明に礼を言うと、去っていった。


雨は次第に弱くなり、夜七時すぎにはすっかりあがったが、客足はさっぱりだった。

祥明はいつもより一時間延長して、九時まで店を開けていたのだが、瞬太は戻ってこない。

「まっすぐ家に帰ったか」

万が一にも、あの自称母親たちがまだ陰陽屋にいたら、と、瞬太なりに警戒して、ここには戻らなかったのだろう。

「それとも、まだどこかで寝こんでいるのか？」

ないことはないな、と、肩をすくめる。

祥明は通りにだした看板をしまうと、洋服に着替えてカップラーメンをすすり、休憩室のベッドで本をひろげたのだった。

四

祥明は陰陽屋の奥にある休憩室で暮らしている。

ビルの地下なので、朝になってもまったく陽が入らないし、鳥のさえずりも、蝉《せみ》の声も聞こえない。

だがごくたまに、店のドアをガンガンたたく音で、無理矢理おこされることがある。

「祥明さん！」

「おはようございます！」

ドアのむこうから聞こえてくる、あの二人の声は……。

祥明はベッドの上でのっそりと身体《からだ》をおこすと、手探りで部屋の灯《あか》りをつけ、銀縁《ぎんぶち》眼鏡《めがね》をかけた。

パジャマ兼用のてろんとした部屋着のまま、暗い店内を通り抜けて、ドアをあける。

「祥明さん！」

声でわかってはいたが、ドアの前に立っていたのは沢崎夫妻だった。二人とも顔色が悪く、目の下にうっすら青黒いくまができている。夜勤のみどりだけでなく、吾郎も寝ていないようだ。

「どうしました?」

寝起きのかすれ声で尋ねた。

二人の大声と、午前八時のすがすがしい陽射しが頭につきささり、くらくらする。

「こんな朝っぱらからすみません。瞬太が昨夜、うちに帰ってこなかったんですけど、こちらに泊めていただいてますか?」

みどりの問いで、祥明は一気に目がさめた。

なるほど、これは緊急事態だ。

もちろん陰陽屋には泊めていない。

「いいえ、とびだして行ったっきり、店には戻ってきませんでした。てっきり家に帰ったものだとばかり思っていたのですが」

「どうしよう……」

みどりはすがるような目で、吾郎を見た。

落ち着いて、と、みどりをなだめる吾郎の声も、緊張気味である。

「取り乱してすみません。でも、こんなことは初めてなので。陰陽屋さんの仕事で遅くなる時も、必ず連絡をくれましたし」

吾郎は額の汗をぬぐう仕草をした。

「ひょっとして交通事故にでもあったのかしら……!?」

「それはないでしょう。事故にあったら、まず警察から陰陽屋に連絡があるはずです。あんな目立つ格好をしてるんですから、うちの店員だと一目でわかりますよ」

瞬太は童水干のまま、雷雨の街にとびだした。着替えの制服は店のロッカーに置いたままだ。それどころか、三角の耳とふさふさの尻尾をだしたままだったのではないだろうか。

瞬太が化けギツネの格好のまま、そのへんをうろうろしているのを、商店街の人たちは見慣れているので、今さら驚くこともないだろうが。

「これはもしや、無断外泊……ということになるのかな?」

吾郎がおそるおそる言う。

「えっ、外泊!? あの瞬ちゃんが!?」

みどりは仰天《ぎょうてん》して、頬を両手ではさんだ。

「が、が、が、外泊って、彼女の家とか、ホテルとかに泊まったっていうこと!?」

みどりの推測に、祥明はプッとふきだした。

「すみません、でも、キツネ君に彼女だなんて、想像もつかなかったものですから」

「たしかにその通りですね……。うちの息子には甲斐性《かいしょう》のかけらもありません」

みどりは安心したような、恥ずかしいような、複雑な表情でうなずく。

「まあ、漫画喫茶で寝過ごしたか、あるいは友達の家にでも行ったのかもしれませんね。メガネ少年とか」

メガネ少年というのは、瞬太の同級生の高坂史尋《こうさかふみひろ》のことである。

「ああ、高坂君か江本《えもと》君の家に行ったのかもしれないね。あとは岡島《おかじま》君だっけ？」

瞬太と仲の良い同級生の友人たちの名前を確認しあい、みどりと吾郎はようやく落ち着いたようだった。

「それにしても、どうして陰陽屋さんに泊めてもらわなかったのかしら」

「呉羽さんと佳流穂さんが居座っているのを警戒したのかもしれませんが、そもそもキツネ君を泊めるスペースがありません」

休憩室の狭いベッドで男二人が寝るのは、無理がある。

祥明の親戚である山科春記《やましなはるき》が、高級寝袋持参で押しかけてきたことがあったが、あの時は本当に窮屈《きゅうくつ》だった。同級生の家の方がはるかに快適に違いない。

「漫画喫茶にいるにしろ、お友達の家にいるにしろ、一日二日もすれば帰ってくるだろうから、しばらく様子を見ようか」

「そうね、小学生ならともかく、高校三年にもなった男の子が一晩帰ってこなかったからって、大騒ぎすることはないわよね」

吾郎とみどりの表情が、ようやく落ち着きを取り戻した。

実は内心焦《あせ》っていた祥明も、肩の力をぬく。

「そうだ、ちょっと待っていてください」

祥明は休憩室に行き、昨日から置きっぱなしになっていた瞬太の制服とかばんをロッカーからとりだした。

「キツネ君の忘れ物です」

「すみません、引き取ります。でも、そうか、学校……」

吾郎は迷い顔になる。

「瞬太が昨日から帰ってきてないこと、学校には連絡しないでいいですよね？　無断外泊したことがばれたら、素行《そこう》不良って思われそうだし……」

　瞬太はただでさえ成績不良で、しかも、授業態度も悪い。体育以外は、ほぼ熟睡である。キツネは夜行性なので、本人の努力では、いかんともしがたいのだ。

　その結果、当然のように、瞬太は常に深刻な落第の危機にさらされており、今年の夏休みも補習が確定している。ここでさらに無断外泊がばれると、だめ押しになりかねない。

　しかも今年のクラス担任である山浦美香子《やまうらみかこ》先生が、思い込みが激しい上に、迷信深い性格なので、何を言いだすかしれたものではないのだ。

「本来なら連絡しておくべきところですが、今回に限っては、ことを大きくしない方がいいかもしれません」

「そうですよね。夏風邪で休むと連絡しておきます」

　みどりと吾郎は大きくうなずいた。

五

午前八時二十分頃。

元気な蟬の合唱がふりそそぐ中、沢崎夫妻を見送ると、祥明は再びベッドにもぐりこんだ。

昼前に店をあけるとして、あと一時間は寝ても大丈夫だろう。

瞬太の無断外泊のせいで、とんだ災難である。

メガネ少年の家に泊まるなら泊まるで、電話の一本でもいれればいいのに。それとも、漫画喫茶で熟睡しているのか？

ため息をつき、目を閉じた途端、今度は携帯電話から着信音が流れてきた。

発信者を見ると、葛城と表示されている。

「ああ……」

昨夜、祥明が留守録へ入れたメッセージへの返事だろう。

眠いが、無視するわけにはいかない。

「ショウさん、昨夜は折り返せなくて申し訳ありませんでした。留守録を聞いたのが深夜だったものですから」

ショウというのは、祥明がクラブドルチェでホストをしていた頃の源氏名《げんじな》である。

「呉羽さまと佳流穂さまが、一緒に陰陽屋にいらしたのですか？」

「いえ、先に呉羽さんが一人であらわれました」

祥明は、化けギツネたちがひきおこした騒動を、葛城に説明した。

「そうですか、呉羽さまが、瞬太さんは兄との子どもだと……」

葛城は感無量といった様子で、声をつまらせた。

十八年前、尻尾をだすことなく、謎の死をとげた葛城の兄、燐太郎。

その兄には、恋人が、そして、子供がいたのである。

「ですが、お兄さんが亡くなった後で結婚した恒晴さんという人に問題があって、赤ちゃんを連れて逃げたのだそうです」

「えっ、高輪恒晴さんですか⁉」

葛城はかなり驚いたようだ。

「ええ、なんでもお兄さんの友人だったとか」

「呉羽さまの結婚相手が、恒晴さんだったとは……」

「呉羽さんは嘘ばかり言っている、と、佳流穂さんが全否定していたので、真偽のほどは定かではありませんが」

「そうですか……」

葛城は黙って、考え込んでしまった。

「葛城さんは、呉羽さんと佳流穂さん、どちらが本当のことを言っていると思いますか？」

「申し訳ありませんが、私にもわかりません」

瞬太さんが兄の忘れ形見であってほしいと願ってはいますが、と、小さな、だが切実な声で言いそえる。

「そうですか。では颯子さんはどうですか？　かれこれ五年は佳流穂さんに会っていないとのことでしたが、少なくとも、子供がいるかどうかくらい知っているのではありませんか？」

なにせ颯子は、佳流穂の母親なのだ。

「それが、颯子さまはふらっと旅にでてしまわれて」

「ハワイですか？」

瞬太の学年の修学旅行先であるハワイで、颯子はなぜか、現地ガイドをしていたのである。

しかもキャスリーンという名前で。

「さすらいのラーメン職人」とよばれる佳流穂といい、化けギツネたちは、存外働き者なのかもしれない。

「行き先はわかりません。まったく連絡がつかないのです」

葛城は悲しげな声で答える。

「またですか……」

「またです」

二人は同時に、ため息をつく。

颯子はこの春、やっと見つかったばかりなのに、もういなくなったのか。

「ところで瞬太さんはどうしておられますか？」

「実は昨夜、家に帰らなかったそうです」

「えっ、あの瞬太さんが!?」

葛城は絶句した。

「今日か明日には戻って来ると思いますが、もしもドルチェにあらわれたら教えてください」

「必ずご連絡します」

電話のむこうの葛城の沈痛《ちんつう》な面持《おもも》ちが見えるようだった。

六

ようやく太陽が沈みつつあるものの、まだまだ明るく暑い、午後六時半。

瞬太がとびだしてから、二十四時間以上がすぎたが、まだ陰陽屋にも自宅にも戻ってこない。

祥明が慣れないたすきがけで階段を掃《は》いていると、通りにだしている看板の前で、バイクがとまった。

「今日は店長さんが掃除してるの？　珍しいね」

バイクにまたがったまま、なれなれしく祥明に話しかけてきたのは、二十歳《はたち》くらいの青年だ。トレードマークのアニメ絵のTシャツに、年季の入った白いヘルメット。バイクの出前機には岡持《おかもち》をひっかけている。陰陽屋の近くにある中華料理店、上海《シャンハイ》亭《てい》の息子の金井《かない》健介《けんすけ》だ。

陰陽屋の常連客である母の江美子《えみこ》の愚痴《ぐち》によると、健介はこの春、専門学校を卒業したものの、就職せず、店の手伝いをしながら、同人誌の活動に精をだしているらしい。

「もしかして本当に、瞬太君は旅にでたの？」

「何のことだ？」

祥明はほうきを動かす手を止めた。

「昨日、王子駅のホームで、瞬太君に会ったんだよ。いつもの陰陽屋の格好をしてたから、お店のおつかいなの？ってきいたら、旅にでるんだ、って、答えたんだ。手ぶらだったし、てっきり冗談だと思ったんだけど、本当だったのか。いいなぁ、どこ行ったの？」

健介が脳天気に話すのを聞きながら、祥明は心の中で舌打ちした。

駅にいた、ということは、王子周辺にはいないということか？

「キツネ君は他に何か言ってたか？」

「いや、ちょうどきた電車に瞬太君は乗ったから、話したのはそれだけだよ」

「その電車の行き先は？」

「うーん、そこまで覚えてないな。横浜の方に行くホームだったから、蒲田《かまた》から大船《おおふな》の間のどこかだろうけど」

「ふむ」

「でもなんでそんなこと聞くの？　もしかして黙って旅にでちゃったとか？　まさかの失踪!?」

　健介の目は好奇心で輝いているが、もちろん本当のことは教えられないし、教える気もない。

「見栄をはって旅だなんて言ったようだが、ちょっとでかけただけさ。キツネ君に限って、失踪なんてするわけないだろう。そもそも童水干のまま旅にでても不便なだけだし。昨日の夜には帰ってきたよ。今日は熱をだして寝込んでいてね。どうやら夏風邪らしい」

　祥明がさらさらと嘘をつくと、健介は途端に興味を失ったようだった。

「なんだ夏風邪かぁ。そういえばけっこう濡れてたから、風邪ひくんじゃないかなって思ったんだよ」

「君の予想通りというわけだ。ところで、出前の途中じゃないのか？」

「あっ、そうだった。じゃあお大事にって言っといて」

健介は再びバイクで走りだした。

もしバイクにつんだ岡持の中身がラーメンだったら、麺はのびのびだろう。上海亭の名誉のために、ご飯ものであることを祈るしかない。

それにしても、旅にでると言って電車に乗ったということは、やはり事故でも事件でもなく、自発的な出奔《しゅっぽん》になるのだろう。

京浜東北線《けいひんとうほく》は、その名の通り、神奈川と埼玉をつなぐ路線で、川崎《かわさき》、横浜《よこはま》方面にむかう南行と、浦和《うらわ》、大宮《おおみや》方面にむかう北行がある。

瞬太が乗車したのは南行だ。

横浜方面にむかう電車といっても、日暮里《にっぽり》で途中下車して、谷中《やなか》の祖母の家に行くこともできるし、東京駅で中央線に乗り換えて、国立《くにたち》にむかった可能性もある。

国立には瞬太がなついている祥明の祖父がいるし、お隣は、祥明の友人で、瞬太も顔なじみの槇原秀行《まきはらひでゆき》の家だ。

どうせ王子界隈《かいわい》の友人宅か、漫画喫茶にいるにちがいないと高をくっていたのだが、もう少し遠くまで足をのばしたということか。

とりあえず、沢崎夫妻にこの件を伝えておかないと。

それから秀行にも、確認の電話をいれておくべきだろう。

「長丁場にならないといいが……」

祥明は、ほうきをかかえて、額ににじむ汗をぬぐった。

七

次の日は、朝からどんよりと灰色の雲がたれこめていた。陽射しはないが、風もなく、蒸し暑い。

瞬太が通っている都立飛鳥高校は、明日から夏休みである。といっても瞬太は、補習授業を受けることになっているのだが。

「沢崎、今日も来なかったな……」

終業式が終わった後、からっぽの瞬太の席を見て、江本直希《なおき》はそばかすのういた顔を曇らせた。江本は瞬太の同級生で、三年連続の補習仲間でもある。

「夏風邪らしいよ。こじらせてないといいけど」

心配そうな江本に、高坂史尋が声をかけた。委員長の通称をもつ高坂は、新聞部の部長であり、いつも席で寝ている瞬太をおこす係でもある。

「夏風邪はなんとかがひくって本当だね」

通り過ぎざまに、鼻にかかる嫌みな声でボソッと言い捨てていったのは浅田真哉《あさだしんや》だ。

浅田はもともと、高坂を一方的にライバル視しているのだが、高坂本人には弱点らしい弱点が見当たらないので、隙だらけの瞬太にからんでくることが多い。

浅田が小細工を企《たくら》むたびに、祥明に暴《あば》かれていることへの逆恨みの矛先《ほこさき》も、瞬太にむかっているふしがある。

「一発お見舞いしてもいいよな!?」

江本は珍しく、胸の前で拳《こぶし》をぎゅっとにぎった。

「新聞部の部活が停止になったりしたら、それこそ浅田の思うツボだよ」

高坂になだめられ、江本は悔しそうに拳をおろす。

江本、岡島、瞬太の三人は、ほとんど何もしていないが、一応、新聞部の部員なのである。

「あんなクソ馬鹿野郎のことはおいとくとして……」

江本は不安げな目で、長身の高坂を見上げた。

「おれ、一昨日《おととい》の夜から、補習のことで、何度か沢崎の携帯に電話したんだけど、全然でないんだ。メールの返事もこないし。最初は寝てるのかなって思ったんだけど、ひょっとして沢崎に無視《シカト》されてるのかな？　怒らせるようなことした覚えないんだけど」

「おれも昨日だしたメールの返事きてないぜ」

話に割り込んできたのは、岡島航平《こうへい》だ。

岡島も瞬太の同級生なのだが、容姿も言動もおっさんくさく、高校の制服を着ていても十代には見えない。

「そう言われてみれば、僕のメールにも返事がきてないな。ただのお見舞いメールだから、返事がこなくても気にしてなかったけど、丸一日以上、誰のメールにも反応がないのは、ちょっと変かもしれない」

高坂は軽く首をかしげる。

「そうだな、三井《みつい》さんに頼んでみようか」

「それだ！　さすが委員長」

岡島は昭和の漫画のように、パチンと指をならしてみせた。

瞬太は中学生の時からずっと、同級生の三井春菜《はるな》にけなげな片想いをしている。去年の夏、きっぱりふられたのだが、忘れられずにいるのは傍目《はため》にもあきらかだ。

たとえ高熱にうかされていても、三井の電話にだけは反応するはずである。

三人が陶芸室をのぞくと、三井はかわいいエプロンをつけて、細い腕でせっせと土をこねていた。かなり真剣な表情だ。肩にかかるふんわりした明るい色の髪も、いつもはおろしているが、今は両耳の下でくくり、ツインテールにしている。

「三井さん、ちょっといいかな？」

高坂は事情を三井に説明した。

「沢崎君が電話にでるか、試してみればいいのね？」

三井は土をこねていた手を洗うと、ポケットから携帯電話をとりだし、瞬太にかける。

三井が携帯電話を耳にあてているのを、三人は黙って見守った。高坂は真顔で、江本は顔がゆるむのを必死で我慢して、岡島は完全ににやにやしながら。

だが。

「あ、留守番サービスに接続されちゃった」

三井は首を左右にふると、メッセージをふきこんで、通話を終了した。

「でてくれなかった。留守録に切り替わる前に、しばらくコール音がなってたから、たぶん電池切れじゃないと思う」

「おかしいな。三井の電話にだけは絶対でると思ったんだけど」

「え……」

岡島の言葉に、三井は少し困ったような顔をする。

どうして、と聞くのもしらじらしいし、かと言って、そうだね、とも答えづらいのだろう。

「沢崎のことだから、携帯をかばんに入れたまま、忘れてるのかもしれないね」

高坂がさりげなくフォローした。

「夏風邪をめっちゃこじらせて入院したとか?」

江本は冗談めかして言うが、かなり心配そうだ。

とにかく瞬太は単位がたりていないので、補習にでないことには、卒業があやういのである。

「それにしてもメールの返事くらいよこしそうなもんじゃね？　何かおかしいよな」

岡島がしかめっ面《つら》で腕組みをすると、ベテラン刑事の風格がただよう。

四人は陶芸室の隅で、うーん、と、考え込んだ。

八

夜になると、少しだけ涼しい風が吹きはじめた。

風にのり、ゆりの甘い芳香がひろがっていく。

沢崎家の狭い庭には、匂いの強い花や樹木が多い。子供の頃よく迷子になっていた瞬太のために、みどりが植えたものだ。

「今日も帰ってこないのかしら。明日から夏休みなのに。ジロはどう思う？」

愛犬のジロをなでながら、みどりはため息をつく。

公園で野宿するような根性のある子じゃないし、どこか友だちの家にでもころがりこんでるとは思うんだけど、ちゃんと食べてるのかしらとか、着がえはどうしてるのかしらとか、どうしても気になっちゃうのよ。何よりあの瞬ちゃんが、二日も家に帰れないくらい、落ちこんだり、傷ついたり、悩んだりしているのかと思うと、本当にかわいそうで。今頃一人で泣いていないといいけど……」

みどりはジロにむかって、ぽつりぽつりと話す。

瞬太をひきとると決めた時から、いつか実の母親があらわれるのは覚悟していた。でもなにもあんな風に、母親を選べと迫ることはないだろう。

あの佳流穂という化けギツネの女性は、デリカシーに欠けている。

それに、もう一人の呉羽という女性も、甘ったれが鼻につく。

恒晴とかいう男にだまされたのは、彼女に男を見る目がなかったからだ。それなのにまるで瞬太のせいでだまされ、逃げ出すことになったと言わんばかりだった。

瞬太のためにも、自分がしっかりしなくては。

「ジロ、母さんがんばるからね」

みどりが真剣な表情で決意表明をすると、ジロは首をかしげて、ふさふさの丸い尻尾をゆらした。

「母さん、ご飯できたよ」

窓の網戸ごしに吾郎が声をかけてきたので、はーい、と、みどりは立ち上がる。

ダイニングキッチンでは、みどりの姪《めい》の小野寺瑠海《おのでらるみ》が、食卓にサラダを並べているところだった。

瑠海は、気仙沼《けせんぬま》で教師をしているみどりの上の姉、紫里《ゆかり》の娘で、瞬太と同じ高校三年生だ。

九月に出産をひかえ、かなりお腹が目立つようになってきたので、近所の噂話の種にされるのを嫌って、東京の沢崎家ですごしているのである。

出産は気仙沼の病院を予約しているので、九月になったら自宅に帰る予定だ。

「今日はほうれん草とカッテージチーズのカレーに挑戦したよ。プロっぽいだろ？インド人シェフのレシピを見て作ったんだ」

吾郎は大皿にたっぷり盛った濃い緑色のカレーライスをみどりに見せた。

専業主夫になってもう二年半以上がたち、料理の腕もなかなかである。

「いいじゃない、美味《おい》しそう」

みどりは椅子に腰をおろすと手をあわせ、大きな声で、いただきます、と言った。

「瞬太を待たないでいいの？」

「いいの、いいの。何時になるかわからないし」

瑠海の問いに、みどりはさばさばした様子で、肩をすくめる。

瑠海には瞬太がアルバイト中にいなくなったことだけ伝えてあり、母親を自称する二人のことは話していない。

「本当に美味《おい》しい。この絶品カレーを食べ損ねるなんて、瞬太は惜しいことをしたわね」

瞬太がいなくなってから、みどりはつとめて明るくふるまってきた。

妊婦の姪に心配をさせてはいけないという気遣《きづか》いからだ。

食欲はまったくわかないのだが、看護師長が職場で倒れてはしゃれにならないので、無理に胃袋につめこんでいる。

もしも仕事がなかったら、心配のあまり、寝込んでいたかもしれない。

やらねばならないことが目の前にあるのは、ありがたいことだ、と、みどりはしみじみ思う。

「まったくだよ、瞬太は間が悪いなぁ」

笑顔でうなずく吾郎も同じだ。

みどりと瑠海に栄養のあるものを食べさせないと、という使命感が、吾郎を支えているのである。

「旅にでるって、上海亭の息子さんに言ったそうだけど、たいしたお金も持ってないのに、なに見栄をはってるのかしら」

瞬太の旅発言については、昨日、祥明から電話で聞いたのだ。

「もしも瞬太が気仙沼に来たら教えてって、ばっぱに頼んどいた。ほら、瞬太はメカマの唐揚げが大好きでしょ？」

瑠海はカレーを怒濤《どとう》の勢いで平らげながら言った。ばっぱというのは、みどりの母親のことだ。瑠海と瞬太にとっては祖母にあたる。

「でも気仙沼に行く可能性は、かなり低いかなぁ。新幹線代高いし、何より、瞬太はうちの母さんが苦手だから」

瑠海は苦笑いをうかべた。

「紫里姉さんは瞬太にはけっこう甘いと思うけど、自然に教師オーラがにじみでちゃうのよね」

みどりの姉にして瑠海の母である小野寺紫里は、その道二十年をこえるベテラン教師である。小学校から高校まで、さらにいえば幼稚園でも「寝ちゃだめでしょう」と叱られ続けてきた瞬太にとって、教師というのは、もっとも苦手な部類の人たちなのだ。

「むしろ大変な思いをしているのは、先生たちの方じゃないかという気もするけどね」

吾郎がくすくす笑う。

「でももし今夜帰ってこなかったら、三晩連続でしょ？　一体何があったのかは知らないけど、まさかあの瞬太が家出しちゃうなんてね」

「家出!?」

瑠海の発言に、みどりはぎょっとして大声をあげた。

「あっ、ごめん、旅だった」

慌《あわ》てて瑠海は訂正する。

「瞬太が家出なんてするわけないか。お父さんとお母さんが大好きだもん」

「そ、そう、かしらね」

吾郎とみどりは、おそるおそる目と目を見交わしたのである。

九

飛鳥高校が夏休みにはいった、最初の日。

祥明の祖父である安倍柊一郎《しゅういちろう》が、陰陽屋にあらわれた。

「いやはや、今日も暑いねぇ」

仙人のような風貌の細い身体に、開襟《かいきん》シャツと麻のパンツ、パナマ帽という古風ないでたちがよく似合う。

「今日もアニメ製作チームの高校生たちと待ち合わせですか？」

「うん、テーブル席をかりるよ」

柊一郎は宗教学と民俗学が専門の学者なのだが、飛鳥高校の漫画アニメ研究会とパソコン部が共同で製作している陰陽師アニメに協力しており、しばしば陰陽屋で、高校生たちの相談にのってやっているのである。

七月前半は試験期間で部活が休止だったため、柊一郎が来るのは久しぶりだ。

祥明が冷たい麦茶をだすと、柊一郎は少し驚いたような顔をした。

「ヨシアキがお茶をだしてくれたのは、はじめてだね」

ヨシアキというのは、祥明の本名である。

柊一郎は感慨深げな様子で、麦茶をすすった。実はただのペットボトルの麦茶なのだが、祥明はそのことを、祖父には黙っていることにする。

「ところで瞬太君は、今日は部活か何かでいないのかな?」

「キツネ君は今、夏風邪で寝込んでます」

「ほう、妖狐も風邪をひくのか」

柊一郎は興味津々といった様子で目をきらめかせた。

「というのは表向きで、実は今、行方不明なんです」

「行方不明とはまた、おだやかじゃないね」

さすがの柊一郎も、ひどく驚いた顔をする。

「まさか事件にでも巻き込まれたんじゃないだろうね」

「いえ、旅にでる、と、本人が言ったそうなので、事件ではありません。ただ行き先が不明で」

「キツネなのにフーテンの寅《とら》さんだね」

　柊一郎は、ふふ、と、笑みをこぼす。

「それにしてもヨシアキと瞬太くんは本当に名コンビだね」

「どういう意味ですか？」

　祥明はいぶかしげな表情で尋ねた。

「ヨシアキもある日突然、家《うち》から出ていったじゃないか。置き手紙のひとつ残さず」

　祖父の指摘に、祥明は愕然とする。

　言われてみれば、たしかに自分も、無断で家をとびだしたのだった。しかも、動機が母親問題であるところまで、瞬太と同じである。

「誰しも人生、一度くらいは、家を出たくなることもありますよ」

　珍しく祥明はばつの悪そうな顔で、扇をひらく。

「というわけで、お祖父《じい》さんのところに、キツネ君から連絡はありませんか？」

「いや。瞬太君が旅にでたことも知らなかったよ」

「そうですか。キツネ君が頼るとしたら、秀行《ひでゆき》かお祖父さんだと思ったのですが」

瞬太が電車に乗って行った、と、健介から聞いた時、一番可能性が高そうだと思ったのは、柊一郎と、お隣の槙原《まきはら》秀行だった。

ただ、柊一郎は携帯電話を持たない主義なので、こちらから連絡をとる時は、槙原経由になってしまうのだ。

「おとといの夜、秀行に電話した時点では、キツネ君は来ていないし、連絡もないと言っていたのですが、お祖父さんにもありませんか」

「うちには優貴子《ゆきこ》がいるからね。残念ながら、この先、瞬太君が国立にあらわれるとしても、十中八九、槙原家だと思うよ。うちのお隣だから、それほど安全とも言えないけど」

「それもそうですね」

祥明は渋面で同意した。

瞬太は祥明の母、優貴子に捕獲されかかったことがあり、ひどく恐れているのだ。

祥明自身も母にはいろいろとひどい目にあわされており、国立には極力近づかないようにしている。

祥明がかわいがっていた愛犬のジョンにやきもちをやくあまり、こっそり捨ててしまったり、祥明の彼女にゴキブリ入りのケーキをだしたり、修士論文を執筆していたパソコンにパインジュースをぶちまけたり、優貴子のおそるべき悪行の数々を思い出しただけで気分が悪くなる。

自分が安倍家を出たのは当然だ。

むしろ、なぜもっと早く家を出なかったのかと、悔やまれるくらいである。

「それにしても、少し顔色が良くないように見えますが」

祥明は祖父の顔をまじまじと見た。

陰陽屋の店内は薄暗いので、はっきりとはわからないが、何となくいつもより青白いように感じる。

「僕がかい？　実は少々夏バテでね。そういうヨシアキも疲れているようだが？」

「疲れというか、寝不足ですね」

「お互いまったく運動をしないからねぇ。僕はともかく、ヨシアキはまだ若いんだから、身体を鍛えてみたらどうだい？　以前は秀行君に柔道を教えてもらってたじゃないか」

「隣に住んでいたから、秀行から逃げられなかっただけですよ。今は運動なんかやる暇があったら、本でも読みます。お祖父さんだってそうでしょう?」

「まあね」

柊一郎は愉快そうに笑う。

柊一郎はその後、どやどやとあらわれたアニメ製作チームの女子高生たちとの熱い質疑応答を二時間ばかりこなし、機嫌良く国立に帰っていったのであった。

十

瞬太が陰陽屋からとびだして四日めの午後六時半。

まだ瞬太はもどってこない。

「いったい何を考えてるんだ、あのばかギツネ。いや、絶対何も考えてないな。いつもいつも軽はずみに行動しすぎなんだよ、まったく」

荒々しくほうきを動かしながら、祥明は舌打ちした。

精神的なショックはさておき、瞬太の不在で直接的な被害を一番受けていたのは、実は祥明である。

なにせ瞬太がいないと、お茶くみも掃除もお客さんの案内も、すべて自分でやらないといけない。

当然のように、槙原に手伝いを頼もうとしたが、夏休みは子供柔道教室が忙しいので、週に一回しか来られないという。

仕方がないので、今日も自分で階段を掃いているのだが、狩衣に指貫という陰陽師スタイルだと、昼はもちろん、夕暮れ時でも汗がにじむ。

たすきで袖《そで》を短くくくっているのだが、焼け石に水である。

「えっ、店長さん!?　自分で掃除をしてるんですか!?」

「珍しい光景だね」

陰陽屋にむかって商店街を歩いてきたのは、瞬太の同級生である三井春菜と、倉橋《くらはし》怜《れい》だった。

夏休みだが、二人とも飛鳥高校の夏服を着ている。部活で学校へ行ったのだろう。三井は陶芸部で、倉橋は剣道部だ。

祥明の災難を目の当《ま》たりにして、三井は大きな瞳を見開いてびっくりしているが、倉橋はすっかり面白がってニヤリとしている。

まったくタイプの異なる二人だが、十五年来の親友だという。

「おや、お嬢さんたち、陰陽屋へようこそ」

祥明は気合いでさわやかな笑顔をうかべ、たすきをするりとほどく。

「あの……沢崎君は、学校の補習だけじゃなくて、お店も休んでるんですか?」

三井がかわいらしい声で、遠慮がちに尋ねた。

「そうなんですよ、夏風邪で寝込んでいるようです」

祥明の答えに、三井と倉橋はちらりと目と目を見交わす。

「風邪じゃなくて、インフルエンザで補習にでられないって聞きましたけど……」

「ああ、インフルエンザだったかもしれません」

みどりは夏風邪にすると言っていたはずだが、なかなか瞬太が帰ってこないので、インフルエンザに変更したのかもしれない。

「真夏のインフルエンザなんて、すごく珍しいですけど、その、沢崎君は、本当に……?」

「本当は、いなくなったんじゃありませんか?」

ずばっと尋ねてきたのは倉橋だ。

さすが全国屈指《くっし》の剣豪《けんごう》女子だけあって、祥明にむける眼差《まなざ》しも、強く、鋭い。

「いなくなった？　なぜですか？」

祥明が問い返すと、うつむいたのは、三井の方だった。

「あの……実は……おとといの終業式の後、沢崎君の携帯の留守録に、折り返しお電話くださいってメッセージを入れておいたんです。そしたら……」

三井は小声で、言葉を選びながら話す。

「昨夜、沢崎君のお母さんから、電話がかかってきたんです。しかも、沢崎君本人の携帯から……」

「おかしいでしょう？」

三井の説明にじれたのか、またもかわりに口を開いたのは倉橋である。

「うちの息子から、何か連絡はなかったかときかれたそうです。それで、春菜が、沢崎君に何かあったんですか？ときいたら、慌てた感じで、息子はインフルエンザで補習を休んでる、って答えたそうですよ。意味がわかりません」

「……ほう」

祥明はさわやかな笑顔をキープするのに、多大な努力を必要とした。

なるほど、あの過保護で心配性な両親なら、いかにもやりそうなことである。

おそらく三井だけではなく、高坂、江本、岡島あたりにも電話をかけたに違いない。

同級生たちに瞬太がいなくなったことがばれてしまえば、学校側に伝わるのも時間の問題ではないか。

だがそんなことは、みどりだって重々承知しているはずだ。

それでも、電話をかけずにはいられなかったのだろう。

祥明は心の中でため息をつく。

「つまり沢崎は、携帯を置きっぱなしにしたまま、いなくなったってことですか？」

倉橋は核心をついてきた。

「沢崎君って、困った時には、必ず逃げだしますよね……」

三井にしみじみとした口調で追い討ちをかけられ、さすがの祥明も言葉につまる。

察するに、瞬太は、何度も、三井から逃げだしたことがあるのだろう。

そして今回も、二人の母親候補から逃げだしたのである。

いつも考える前に、身体が動いてしまうのだ。

「キツネ君にそういう傾向があるのは否定しませんが……」

祥明は扇で口もとをかくし、こほん、と、咳払いをした。

「とりあえず今回はインフルエンザです」

「お母さんの電話、矛盾してますよね？」

倉橋がぐいぐい詰めよってくるが、祥明はあえて無視する。

「インフルエンザです」

「ふーん」

「他にもお母さんから電話をもらった人がいるかもしれませんが、キツネ君はインフルエンザに間違いないと伝えておいてください。本当は補習に行く気まんまんだったのですが、インフルエンザでやむなく欠席しているのだと」

「あ、そうか。沢崎君は単位がたりてないから、病気欠席っていうことにしておかないとまずいんですね？」

三井がようやく察してくれたので、祥明はほっとする。

「ですからインフルエンザなんです」

「わかりました」

「まあ、そういうことにしておいてもいいけど」

倉橋も肩をすくめ、不承不承《ふしょうぶしょう》うなずく。

「でも店長さん、沢崎君がいないと大変でしょう？　掃除とお茶くみくらいなら、あたしでもできますけど」

「えっ、そうですか？」

三井の申し出に祥明はとびつきそうになるが、倉橋の敵意すら感じられる冷ややかな視線に、ぐっと我慢する。

わかっている。女性の、しかも若くてかわいらしい手伝いなど頼もうものなら、火の無いところに自分で煙をたてるようなものだ。

女性客の反感を買う噂は命とりだと、ホスト時代に、厳しく戒《いまし》められたものである。

「ありがたいお言葉ですが、受験生にお願いするわけにはいきません。勉強に専念してください」

祥明は断腸の思いで、三井に告げた。

「じゃあ怜ちゃんは？　もうスポーツ推薦で大学決まってるよね」

「八月に全国大会があるから無理。そもそも掃除もお茶くみも苦手だし」

剣道部のエースは、父のスポーツ用品店でさえ掃除を手伝ったことがない、と、堂々と胸をはった。

　四人目にしてようやくうまれた待望の女の子で、大事に甘やかされて育ったせいか、三人の兄たちの誰よりも家事能力が低いのである。

「どうしてもというのなら一回くらいは手伝ってもいいけど、大事な占いの道具を壊してもしりませんよ」

　倉橋は挑戦的な視線を、祥明にたたきつけてきた。

　わざと水盤を割ってやると言わんばかりだ。

「……剣道に専念してください」

「そうさせてもらいます」

「じゃあ、沢崎君が早く帰って来るよう……じゃなくて、元気になるように祈ってますね」

　甘やかな薄桃色のヴェールにおおわれた空の下、商店街に消えて行く二人の後ろ姿をながめながら、祥明はため息をついた。

　沢崎瞬太行方不明の噂がこれ以上ひろがらなければいいのだが、はたして……。

十一

翌日。

真っ暗な陰陽屋の休憩室で祥明が眠っていると、沢崎夫妻がドアをたたく音でおこされた。

枕元の携帯電話を確認する。

まだ午前七時五十三分だ。

なぜこの夫婦は、いつも朝っぱらからあらわれるのだろう。

「今あけます」

祥明が入り口のドアをあけると、雨まじりの風がふきこんできた。

「おはようございます」

ドアの前に立つみどりは、紺色の傘を持ち、深緑のレインブーツをはいていたが、風の前には無力だったようだ。ショートカットの髪はぼさぼさに広がり、スカートのすそはびしょ濡れである。吾郎も似たような姿だ。

祥明は眠気をふりはらうと、急いで二人を店内に入れ、タオルを貸す。

祥明がだした麦茶をひとくち飲むと、みどりは小さくため息をついた。

「すみません、この雨のせいで、瞬太のことが心配になってしまって……」

「無理もありません」

祥明が優しい声で言うと、ありがとうございます、と、みどりは頭をさげた。

「瞬太がいなくなってから、今日で五日目です。ここまでくると、その、家出人の捜索願を警察にだした方がいいのかも……という気がしてきました」

麦茶の入ったコップを握る十本の指が、少しやせたようだ。かなりまいっているのだろう。

当然といえば当然だが。

「しかし、無断外泊でも、旅でもなく、家出ですか。あのキツネ君が……？」

祥明は自分の頬にひとさし指と中指をあて、首をかしげた。

「失礼ながら、いくらあの二人の母親候補から逃げだしたいからといって、家出をするほどの度胸が彼にあるとは思えないのですが。家出というのは、これ以上家族と暮らすのは耐えられないとか、さらには絶縁してしまいたいという、強い意志をもって行うものです」

祥明がつい、自らの経験にかんがみて熱く語ると、みどりと吾郎も、うんうん、と同意する。

「そうなんですよね、そもそも家出をするほどの度胸や根性がすわった子なら、逃げたりしないで、ちゃんと問題に向き合うんじゃないかという気がします。たぶん、うっかり遠くまで逃げてみたものの、気づいたら、帰るに帰れなくなっていて、結果的に家出状態になってしまったのではないでしょうか。たとえば電車賃がないとか、何となくばつが悪くて、帰るに帰れないとか、本当に風邪で寝込んでいるとか……」

はぁぁ、と、みどりが長く深いため息をついた。

「ひょっとしたら王子に戻ってきているのではないかと思って、飛鳥山《あすかやま》公園や漫画喫茶を捜してみたのですが、見つかりませんでした。念のため、瞬太と仲の良いお友達に電話をかけてみましたが、誰も泊めていないそうです。一体どこでどうしているのかしら」

電話の件は知ってます、と、祥明は心の中でつぶやく。

「一応、誘拐の可能性も考えてみました。でもうちみたいな庶民の家の子が誘拐されるとも思えないし、身代金の要求もきていません。かわいい女の子でもありませんしね」

吾郎の顔にも疲れがにじんでいるが、やせるどころか、むしろふっくらとしている。ストレスで太るタイプのようだ。

「SNSで知り合った大人の家に泊めてもらう、という事例もテレビで見たことがありますが、そもそも瞬太は、SNSを一切やっていません。携帯電話を確認しましたし、パソコンは持っていません」

吾郎はポケットから瞬太の携帯をとりだし、テーブルの上に置いた。

「残るは事故ですが、祥明さんが言っておられた通り、警察から連絡があるはずです。こうなると、やはり、結果的家出状態としか……」

「なるほど」

結果的家出状態。

言い得て妙かもしれないな、と、祥明は感心しそうになるが、そんな場合ではない。

「吾郎さんがおっしゃりたいことはわかりました。問題は、警察に捜索願をだしたら、当然、学校に問い合わせがいくだろう、という点ですね」

「そこが思案のしどころです」

吾郎は腕組みをする。

「必死の思いで警察に捜索願をだしても、小さい子供や自殺の危険がある人など、よほどの緊急性がない限り、たいした捜査はしてくれないっていう話をよく聞くじゃないですか。警察だって人手に限りがあるんだから、すべての行方不明者に本格的な捜査をするわけにはいかないんだって。となると、瞬太の捜索願をだしても、本格的な捜査はしてもらえないのに、学校に家出がばれてしまうという、がっかりな結末もありうるわけで、つい二の足を踏んでしまうんです」

吾郎はいつもの三倍の勢いで話しはじめた。

「それに捜索願をだすとしたら、瞬太がどういう状況で飛びだしていったか説明しないといけませんよね。自分が実の母だと言い張る化けギツネの女性二人があらわれて、なんて、僕にはとても言えません」

真剣な顔で、よくわからないことを口走る。

要するに、捜索願をだしたいみどりと、だすべきではないという吾郎の間で意見がわかれ、祥明に相談することにしたようだ。

それは二人で決めてくれと言いたい気もするが、他ならぬこの店に二人の母親候補をよんだ責任もあり、つきはなすわけにはいかない。

「……二人が化けギツネであることは省略してもいいのではありませんか？」

祥明はとりあえず、無難なアドバイスをした。

「そうですね。じゃあ、実の母だと言い張る人間の女性二人ということにします」

みどりにくらべると冷静に話しているように見える吾郎だが、やはりそれなりに混乱しているのだろう。

もともとが、ひどく過保護な両親なのだ。

むしろこれまでの四日間、警察にかけこみたいのをよく我慢したものである。

「警察といえば、一つ気になることがあるのですが」

祥明は顔にかかる長い髪を右手でかきあげ、眉根をよせた。

「キツネ君が王子稲荷に置き去りにされていた赤ちゃんだということは、警察が調べればすぐにわかりますよね？」

「近所の人はみんな知っていることですから。もちろん、みどりが赤ちゃんを発見して通報したという記録も、警察に残っているでしょう。でもそれが何か？」

「赤ちゃんを置き去りにするのは、保護責任者遺棄罪《いきざい》に該当します」

祥明の指摘に、吾郎とみどりは、はっとする。

「え、つまり、瞬太のお母さんは犯罪者っていうこと!?」

みどりの問いに、祥明はうなずいた。

「しかし、あれからもう十七年です。とっくに時効が成立しているのではありませんか?」

吾郎の疑問に、祥明は、たしかに、と、同意する。

「しかし逮捕はされないにしても、なぜ子供を遺棄したのか、警察から事情を聴取されることにはなるでしょうね」

これまでは、瞬太を置き去りにした犯人はわかっていなかった。

母親か、父親か、あるいは誘拐犯の可能性もあったのだ。

しかし今回、少なくとも呉羽は、自分が置き去りにしたと明言した。

「いろいろまずいかも……」

三人は、うーん、と、考え込んだ。

瞬太がこの先一緒に暮らすかもしれない実の母親が、時効成立とはいえ、犯罪をおかした過去があきらかになる。

それに、あの二人の妖狐たちが警察で余計な事を口走ったらと思うと、それはそれで怖い。

いや、警察も、化けギツネうんぬんという話を本気でとりあったりはしないだろうが、しかし……。

「警察には、祥明さんとあたしたちだけが陰陽屋にいた時に、瞬太がとびだしたって言う？」

「つまり、あの二人の化けギツネたちのことは、なかったことに？」

「それはそれで、警察にばれた時、いろいろまずいんじゃないのかな。瞬太がぽろっと口をすべらせるかもしれないし」

たしかに瞬太に限って、余計なことを口走る可能性はある。

三人は深々とため息をついた。

厄介すぎる。

十二

みどりは腕組みをして、薄暗い陰陽屋の店内をぐるぐる歩きまわった。

「何も事情は聞かずに、とにかく捜索してくださいって警察に頼めないかしら……？」

無茶を承知でみどりは言う。

「いやー、無理だろう……。それに、捜してもらうとしたら、絶対に外見上の特徴を聞かれるよね。その時、耳と尻尾ですって言っても、信じてくれないだろうな」

吾郎はテーブルにつっぷして、頭を抱えている。

「それを言うなら、瞬太が警察で保護された時に、うっかり耳や尻尾をだしてしまったら……」

「やっぱり警察はだめだな！」

吾郎はがばっと身体をおこす。

「そうね、危険ね！　あたしたち、なんとか自力で瞬ちゃんを捜しましょう！」

みどりと吾郎は、真剣な面持ちでうなずきあった。

ついに二人が合意に達したのは良いが、過保護すぎるせいか、寝ていないせいか、心配が変な方向に暴走している。

だがこうやって心配に心配を重ねて、あのうっかり者の化けギツネを二人で懸命に守ってきたのだろう。

そう思うと、不憫《ふびん》ですらある。

「大丈夫です。以前、ジロを捜した経験もありますから、あたしたちだけで何とか頑張って瞬太を捜してみます」

みどりは背筋をしゃっきりとのばし、祥明にうなずいてみせた。

いや、ジロ捜しは、ほとんど私とキツネ君の二人だけで、と、喉《のど》まででかけた言葉を祥明は飲み込む。

「あの時は電柱にポスターをはったり、ビラを配ったりしたんでしたよね？」

「はい。さらにSNSで情報を求めたりもしましたが、今回は先生たちに知られたくないという特別な事情がありますから、どれも使えません」

「そうでした」

みどりはがっくりと肩をおとす。

「そうだ、祥明さん、瞬太がどこにいるか占ってください！　犬や猫を捜しだせたんだから、狐だって捜せますよね⁉」

「それはまあ、占えますが……」

「お願いします！」

みどりと吾郎に熱く頼まれて、祥明は仕方なくうなずいた。

「現在の占時《せんじ》は辰《たつ》、月将《げつしょう》は午《うま》、日干《にっかん》は——」

パジャマ兼用の部屋着姿のまま、テーブルの上の式盤《ちょくばん》をからりとまわす。

「西ですね」

「西？　国立かしら。祥明さんのご実家もあるし」

「国立は私も真っ先に考えましたが、祖父はキツネ君がいなくなったことすら知りませんでした。隣の槙原家にも来ていないそうです。おそらく、私の母がいる限り、国立には行かないと思います。ご存じの通り、キツネ君はうちの母を恐れているので」

祥明は苦々しげに言う。

「じゃあもっと近場で西の方角といえば、板橋《いたばし》？」

「いきなり近くなりましたね」

「プリンのばあちゃん……ええと、仲条《なかじょう》さんだったかしら。あの人、瞬太を孫同然にかわいがってるし」

「仲条さんなら昨日もプリンを持って来ましたが、キツネ君が休みと知って、がっかりして帰りましたよ」

「じゃあ違いますね。あとは西といえば……」

必死に考えるみどりに対し、祥明は静かに首を横に振った。

「みどりさん、もしもキツネ君が見つかったとして、本人が望まないのに無理に連れ帰っても、また同じことを繰り返すのが関の山ではないでしょうか。逆を言えば、この先どうするか、心が決まりさえすれば、自分から帰ってくると思います」

「そうでしょうか？」

みどりは不安げな表情で、祥明の顔を見上げる。

さっきみどりは、瞬太が、帰るに帰れないでいるのではないかと言った。

だが、やはり、帰る気にならないから帰ってこないと考える方が自然である。

特に、とびだした時の状況を考えれば。

誰と暮らせばいいのか、いや、誰と暮らしたいのか——

そのためには、まず、どちらが本物の母親なのかを明らかにするのが重要なのだが、今のところ、状況は何一つ進展していない。

このタイミングで月村颯子と連絡がとれなくなったのは、かなり痛い。

「キツネ君は自分がみどりさんと吾郎さんにどれだけ大事にされているかよく知っていますし、彼自身もお二人のことが大好きです。今は混乱して逃避行中なのでしょうが、いずれ必ず帰ってくるはずです」

「はい……」

みどりの目がうるみ、今にも涙があふれそうになる。

たとえ化けギツネの母親と暮らすことになったとしても、このまま王子からいなくなってしまうようなことはないだろう。

ここには自分の育った家があり、過保護すぎるが愛情深い両親がおり、仲の良い同級生たちと、片想い中の女の子がいるのだ。

「でも、目の前で元気な姿を確認しないと、どこかで怪我《けが》をしてるんじゃないか、病気で寝込んでるんじゃないかと、ついつい心配になってしまって……」

みどりの肩に、吾郎がそっと手を置く。

「大丈夫だよ。あの子はお稲荷様のご加護があついから。入試の時も、修学旅行も、僕たちは本当に心配したけど、いつもなんとかなってきた。きっと今度もなんとかなるよ」

祥明も、たしかに、と、思わずにはいられない。

高校入試の時など、インフルエンザの大流行で受験生の定員割れという奇跡がおこり、瞬太も合格になったのである。

偶然かもしれないが、少なくとも、とんでもない強運の持ち主だ。

「そうね、その通りね……。でも、あの子が自分から帰ってくるまで、どのくらい待てばいいの？　一ヶ月？　二ヶ月？　それ以上かかったら、あたし、きっと、心配で倒れてしまうわ。やっぱり警察に捜索願をだした方がいいんじゃないかしら？」

いつもは気丈なみどりだが、今回はさすがにまいっているようだ。

「瞬太の場合はメリットよりデメリットが多いから捜索願はださないって、たった今、決めたばかりじゃないか」

「そうよね、でも……」

みどりと吾郎の話は、堂々めぐりに突入しかけた。

「では、期限を切りましょう。夏休みが終わるまで待っても帰ってこなければ、警察に捜索願をだすことにしてはどうでしょうか？」

「しかし学校に、家出したことがばれてしまうのは……」

祥明の妥協案に、吾郎は迷い顔である。

「どちらにせよ、夏休みあけまで病欠をひっぱるのは難しいでしょう」

「それもそうですね」

吾郎は苦渋の表情で、妥協案に同意した。

もう一つ、保護責任者遺棄の問題もあるが、とりあえず今は棚上げしておくことにする。

「わかりました。早く帰ってきてくれるよう、お稲荷さまにお願いしておきます」

みどりは三回深呼吸して、なんとか落ち着きを取り戻す。

「一刻も早く帰ってきてほしいのは私も同じです」

祥明は寝起きの乱れた髪を両手でなでつけながら、しみじみと、心の底から同意したのであった。

十三

瞬太がいなくなってから、一週間がすぎた。

もうすぐ七月も終わりである。

「こんにちは、店長さんいますか？」

祥明が狩衣姿のまま、陰陽屋の奥にある休憩室のベッドに寝そべり、本を読んでいると、店内から若い男性の声が聞こえてきた。

「あいつ、また来たのか……」

祥明は面倒臭そうに身体をおこす。

薄暗い店内にいたのは、瞬太の同級生で、新聞部の高坂だ。賢そうな、だが鋭い眼差しで、店内の状況をざっとチェックしている。

もともと大人びた少年だったが、私服のせいか、長身のせいか、一段と落ち着きをましたようだ。

「沢崎はまだ戻ってないみたいですね」

「ああ」

祥明は簡潔に答えた。

最近では、インフルエンザが長引いているんだろう、という、しらじらしい建前を告げるのすら面倒になっている。

もちろん麦茶などだしてやらない。

「残念ながら、うちにはまだ沢崎はあらわれません。江本と岡島のところにも。三井さんにも何の連絡もないそうです。もし沢崎から連絡があったら、すぐに知らせるよう伝えておきました」

高坂は三日前と同じことを、祥明に告げた。

そもそも瞬太は携帯を持たずに飛びだしたのだから、連絡などしてくるはずがない。自宅の電話番号や両親のメールアドレスすら、暗記しているかどうかあやしいものだ。

高坂の家は理髪店だから、電話帳か番号案内で調べられないことはないのだが、問題は、瞬太の頭がそこまでまわるかどうかである。

「それにしても、あの沢崎が家出するなんて、いったい何があったんですか?」

高坂は気遣わしげな表情をしているが、所詮は新聞部部長である。情報を知らせるふりをして、探りにきているのかもしれない。

友人を心配する気持ちに嘘はないだろうが、油断は大敵だ。

「さあね」

祥明はそっけなく答える。

「沢崎は寂しがりだし、一週間もすれば人恋しくなって帰ってくると思ったんですけど」

高坂の言葉に、祥明は扇をもてあそぶ手をとめた。

たしかにその通りだ。

いったい何をぐずぐずしているんだか。

「帰るに帰れなくなっていて、結果的に家出状態になってしまった」というみどりの推測が、あたりなのかもしれない。

「そうだ、沢崎が戻ってくるまで、僕が陰陽屋を手伝いましょうか？　掃除とお茶くみくらいならできますよ」

「余計なお世話だ。さっさと帰って受験勉強にはげみたまえ」

「では今日のところは失礼します」

高坂は祥明の態度に気を悪くした様子もなく、さわやかに挨拶して踵《きびす》を返した。

「待て」

「はい？」

高坂はドアノブに手をかけたまま振り返る。

「飛鳥高校の食堂で働いている山田さんはどうしている？」

祥明の問いに、高坂はとまどったような表情で、目をしばたたいた。

「ラーメン職人の山田さんですか？　夏休み中は食堂も休みになるので、学校には来てないと思います。でもなぜそんな質問を？」

祥明は口もとを扇でかくすと、笑顔をつくる。

「すご腕だと聞いたので、一度食べてみたいと思ってね。本当に美味《うま》いのか？」

「そうですね。もとは上海亭で修業したそうなので、スープの系統は近いです。麺はやや細めかな。学生が飽きないように、いろいろなアレンジに挑戦してますね。たまにやりすぎなこともありますけど、ラーメン好きの岡島はかなり高く評価しているようですよ」

「ふーん」

「店長さんが山田さんのラーメンに興味を持つとは意外ですね」

「そうか？　ラーメンが嫌いな日本人はいないだろう」

祥明は強引に話をはぐらかす。

「でも……」

「引き止めて悪かったな」

高坂はいろいろと聞きたいようだったが、祥明は今度こそ追い返した。

十四

瞬太がいなくなって十日もたつと、陰陽屋の階段や、店内の古書、使うのをやめた水盤に、うっすらとほこりがつもりはじめた。

狩衣にたすきがけをしての掃除は三日坊主で終わってしまい、槙原も週に一度しか来られないのだから当然である。

プリンのばあちゃんこと仲条律子《りつこ》、沢崎吾郎の母の初江《はつえ》とその弟子の森川光恵《もりかわみつえ》、上海亭の江美子などが入れ替わり立ち替わり陰陽屋へやってきて世話を焼きたがるが、祥明にしてみればありがた迷惑でしかない。

最近ではひらき直って、どうせ店内は暗いのだから、テーブルの上以外は気にしないことにしたのだ。

頼んでもいないのに、三日に一度は高坂も来る。

いつもは学校が夏休みにはいると、中高生の客足が途絶《とだ》えるので、陰陽屋では閑古《かんこ》鳥《どり》が鳴き始めるのだが、今年は入れ替わり立ち替わり人が来るので、おちおち本も読んでいられない始末だ。

しかもみな、瞬太と掃除の心配をしに来るが、占いもお祓《はら》いも頼んでくれないので、ほとんど売り上げにはつながらない。

瞬太と仲の悪い浅田や、高坂の妹の奈々《なな》までが、自分のせいで瞬太が家出したのではないかと、探りにきたくらいだ。

「こんにちは、誰かいますか?」

久しぶりに二十代の女性の声がしたので、やっと占いの出番かと営業スマイルで店にでれば、ひらひらした花柄のワンピースを着た山浦先生だった。

通称みかりん、瞬太のクラス担任である。

「沢崎君のことが気になって様子を見に来たんですけど、本当に病気なんですか？」

いずれこうなることは予想していたが、やはり、瞬太が本当にインフルエンザで補習を休んでいるのかを疑う声が、先生たちの間にもひろがっているようだ。

「実は違うんじゃありませんか？　言いにくいんですけど……」

みかりんはちらりと上目遣いで祥明の様子をうかがう。

「ひょっとして、沢崎君の呪《のろ》いで学校をやめることになった去年の担任の井上《いのうえ》先生が、呪い返しをしてきたんじゃないでしょうか！」

「は？」

山浦先生の表情は真剣そのものである。

冗談ではないらしい。

去年のクラス担任を瞬太が呪ったという妄想を、山浦先生は以前も口走っていたが、今度は呪い返しときたものだ。

「もう一週間以上高熱が続いていて、身体の節々《ふしぶし》が痛くて、ぶるぶる震えてるって、沢崎君のお母さんが電話で言ってたんですけど、インフルエンザにしては長すぎると思うんです。むしろ異常ですよ……！」

「いや……その……」

相変わらず愉快というか、独特な思考回路をしている。

やはり無断外泊を学校に連絡しなくて正解だった、と、祥明は確信した。

「今年の担任としてできることは、これくらいしかないのですが……」

トートバッグから百貨店のロゴの入った小さな紙包みをとりだす。

「ほんの気持ちです！」

紙包みをぐいぐい押しつけられ、仕方なく祥明は受け取った。

中を見ないでも、刺激的なニオイで察しがつく。

にんにくだ。

しかも五個は入っている。

瞬太本人だったら、ニオイで倒れていたかもしれない。

それにしてもなぜにんにくなのか。吸血鬼退治じゃあるまいし。

妖狐への貢《みつ》ぎ物《もの》なら、油揚げだろう。

キツネ君の好物は、ポテトチップスと、ホヤぼーやサブレーと、メカカマの唐揚げだが。

だがうっかりそんなことを言うと、また変な物を持って来かねない。

祥明は扇をひろげ、にっこりと微笑んだ。

「渡しておきます。お気持ちは十分伝わると思います。山浦先生は安心して夏休みをおすごしいただいて大丈夫ですよ。もしご心配なら、念のため、邪気を払う護符をお持ちになりますか？」

「お願いします！」

陰陽屋特製の護符を購入すると、山浦先生は足取りも軽く、陰陽屋をでていったのであった。

妄想教師が帰ってくれて、祥明が安堵したのもつかの間。

「こんにちは」

聞き覚えのある声が、店内にひびいた。

山浦先生と入れ替わるように陰陽屋へあらわれたのは、瞬太が一年生の時にクラス担任だった只野《ただの》先生だ。

厄日《やくび》である。

「お久しぶりです」

むっつりと堅苦しい表情で、だが礼儀正しく挨拶する。

「お久しぶりです、陰陽屋へようこそ。今日はどのようなご用件でしょうか？」

「私は進路指導の主任なので、沢崎君と面談の必要があるのです」

「はあ」

「もう高校三年生の夏なのですから、将来どうするつもりなのか、方向をさだめる必要があります。むしろ遅いくらいです。沢崎君は就職希望と聞いていますが、職種によっては、専門学校で資格をとっておいた方がよい場合もあります。そのためにも三者面談できちんと話し合いをしないと」

店のは入り口に立ったまま、只野先生はとうとうと語った。

さすがベテラン教師、わかりやすい説明だ。しかし話す相手を間違えている。

「ごもっともです。でしたら、家庭訪問をされてはいかがでしょう？」

「もちろん何度もうかがいました」

「えっ？」

さすが生真面目《きまじめ》が服を着たような只野先生は、山浦先生とは全然違う。まっとうだ。

「ですが、インフルエンザがうつるといけないから、と、家の中に入れてもらえませんでした」

「そうですか」

中に入れたりしたら、瞬太が家にいないことがばれてしまうので、当然である。

「本当にインフルエンザなんですか？」

「えっ？」

「インフルエンザにかかった生徒はたいてい一週間ほどで復帰してきます。ですが沢崎君が学校を休みはじめて、もう十二日になります」

「沢崎君のお母さんにきいてください」

「何度きいてもインフルエンザの一点張りです」

只野先生は真剣な面持ちで、じっと祥明の目を見つめる。

「生徒たちの間では、沢崎君がいなくなったらしいという噂もあるようですが」

「根も葉もない噂でしょう」

祥明は目をそらしたいのを、ぐっと我慢した。

目をそらしたら負けだ。

「本当に何もご存じないんですか？」

「知りません」

祥明は扇をひろげて口もとを隠すと、心の中で冷や汗を流した。

どうも只野先生の質問攻めは、苦手である。

「沢崎君に、回復し次第、進路指導室へ来るよう必ずお伝えください。これは沢崎君自身のためです。必ずお願いします」

只野先生は二回も必ずを使い、しつこく念を押すと、ようやく店から立ち去った。

山浦先生が来た時も面倒くささは感じたが、只野先生は最強である。

正論で押してくるので、誤魔化《ごまか》しがきかない。

「疲れた……」

自分で掃除やお茶くみをしないといけないし、入れ替わり立ち替わりいろんな人がやってくるし、そのわりに売り上げはほとんどたたないし、踏んだり蹴ったりである。

祥明は店の奥にあるテーブルにつっぷした。


瞬太がいなくなってから半月以上がすぎた八月五日。

階段に蝉の抜け殻が落ちているのを見た祥明は、「諸行無常《しょぎょうむじょう》だな」とつぶやき、踵を返して休憩室へ戻っていった。

その日から陰陽屋は、森下通り商店街のどの店よりも早く、お盆休みに突入したのであった。

第二話

迷いギツネぐるぐる

一

祥明《しょうめい》が東京で世をはかなんでいた頃、瞬太《しゅんた》は京都にいた。

母親を名乗る女性ふたりが陰陽屋《おんみょうや》にあらわれたあの日、いろいろ言われて混乱した瞬太は、とにかく逃げだしたい一心で商店街をかけぬけ、気がついたらＪＲ王子《おうじ》駅のホームに立っていた。

たまたま上海亭《シャンハイてい》の健介《けんすけ》にでくわし、何となく「旅にでる」と口走ったのだが、実はそんなつもりは全然なかった。だが、健介にいろいろ聞かれたくなかったので、ちょうどホームに入線してきた京浜東北線《けいひんとうほく》の蒲田《かまた》行きに乗ってしまったのだ。

もちろん、その先のことは、何も考えていなかった。

吾郎《ごろう》の母である谷中《やなか》の初江《はつえ》の家は王子から近すぎるし、事情を話したら追い返されそうだ。

気仙沼《けせんぬま》のみどりの両親なら、「夏休みだから遊びにきた」と言えば、泊めてくれそうな気がしたのだが、よく考えたら、小野寺《おのでら》家は瑠海《るみ》の結婚問題でごたごたピリピリしていて、ふらりと行ける状況ではなかった。当の瑠海が東京に逃げてきているくらいである。

国立《くにたち》の槙原《まきはら》の家はどうだろう。この際、柔道場の隅っこでもかまわない。そうだ、それがいい、と、思いつき、瞬太は東京駅で電車をおりた。中央線に乗り換えるつもりだったのだ。

だが中央線の階段をのぼりかけて、瞬太ははっとした。

待て、槙原家の隣は、祥明の実家だ。

つまり、あの恐ろしい母親が住んでいるということだ！

瞬太は自分の両耳を手で押さえて、首をすくめた。

以前、狐耳をぎゅっとつかまれた時の恐怖がよみがえる。

だめだ、やっぱり国立はやめておこう。

となると、自分は一体どうしたらいいのだろう。

王子に戻って、委員長に相談してみようか？

いや、委員長の妹の奈々《なな》に「これ以上、フミ兄《にい》の受験勉強の邪魔をしないで！」と叱《しか》られるからだめだ。

それを言うなら、江本《えもと》も岡島《おかじま》も三井《みつい》も青柳《あおやぎ》も、同級生のほとんどが受験生なわけで……。

思わず飛びだしてきてしまったが、陰陽屋に戻るしかないのだろうか。

尻尾《しっぽ》をだらりとたらして、途方に暮れていた時、瞬太の鼻先に大人の香りがふわりとただよってきた。このさわやかなウッディシトラスは……。

「瞬太君、こんなところで会うなんて奇遇だね」

駅の通路を、仕立ての良いスーツを涼しげに着こなした長身の男性が、キャリーバッグをひきながら歩いてきた。

お洒落《しゃれ》な横長フレームの眼鏡《めがね》に、高そうな腕時計と、ピカピカの靴。

祥明の親戚の山科春記《やましなはるき》だ。

「春記さん……！」

こんなタイミングで知り合いに出くわすなんて、これはもう、ラッキーとしか言いようがない。

瞬太は顔の前で左右のてのひらをバシッとあわせ、春記を拝む。

「何も聞かないで今夜泊めて！」

　春記は驚いたように目をしばたたいた。

「おやおや、訳《わけ》ありかい？　かまわないけど、うちは京都だよ？」

「そうだった……」

「ま、いいや。部屋は余ってるし、おいでおいで」

　春記はあっという間に、新幹線のチケットと駅弁とおやつのスナック菓子、そして着替えの洋服まで買ってくれ、なし崩し的に、瞬太は雷雨の東京を後にしたのである。

二

　新幹線が京都駅に着いたのは、夜九時頃である。

　タクシーに二十分ほどで到着した山科邸は、予想以上の豪邸だった。

　とにかく広い。

　母屋《おもや》はいかにもな二階だての和風建築で、他に倉やはなれ、そしてお茶室まであるのだ。今は暗くて見えないが、庭の池には、太った錦鯉《にしきごい》がうようよ泳いでいるに違いない。

ひろびろとした玄関には大きな靴箱があり、その上には紫水晶の置物が飾られている。

「旅館みたいだなぁ……」

瞬太が口を半開きにして、きょろきょろ見回していると、廊下の奥から、黒い洋服の上に白いエプロンをつけた、やせた女性があらわれた。髪を後頭部でひとつにまとめている。年齢は五十歳くらいだろうか。

「おかえりなさいませ、春記さま」

女性はうやうやしく頭をさげた。

色白で目がきゅっと細く、表情に乏《とぼ》しい。まるで能面《のうめん》のような印象を受ける。

「ただいま」

「お客さまでございますか？」

「うん、瞬太君。うちに泊まるから、二階の客間に布団を用意してあげて」

「かしこまりました。こちらのお荷物は、お部屋へ運んでおきます」

黒服の女性は、春記のキャリーバッグを細い腕でひょいと持ち上げると、再び廊下のむこうへと消えていった。

「えっ、あの、今の人はもしかして……」

「家政婦の上田《うえだ》のり子さん」

「本物の家政婦さん!?」

「この家、無駄に広いから、母一人では掃除ができなくてね」

「へー。家政婦さんってテレビでしか見たことなかったんだけど、本当にいるんだね。都市伝説かと思ってたよ」

「あはは、瞬太君は面白いことを言うね」

春記はスリッパにはきかえると、「こっちへおいで」と、廊下を歩きはじめた。

「ただいま」

春記が瞬太を連れて行ったのは、和洋折衷の部屋だった。

畳の上にふかふかの絨毯《じゅうたん》を敷き、ソファセットを置いている。床《とこ》の間《ま》には掛《か》け軸《じく》と生け花。黒い漆塗《うるしぬ》りの棚には、華やかな絵入りの大きな皿や壺が並べられている。

「瞬太君、僕の両親だよ」

ソファに並んで、大画面テレビを見ている男女が、瞬太の方をむいた。

「父の山科宣直《のぶなお》と、母の蜜子《みつこ》」

「ど、どうも」

瞬太は春記の両親にぺこりと頭をさげる。

「おかえりなさい、春記さん。そちらは？」

春記の母は六十歳くらいだろうか。くっきりと大きな瞳に、つややかな紅《あか》い唇、高い鼻。豊かな栗色の髪をふんわりと結い上げた、華やかな美人である。

「ヨシアキ君のお店でアルバイトをしている沢崎《さわざき》瞬太君です。しばらくうちで預かることにしました。よろしくお願いします」

春記は瞬太の肩に手をおいて紹介した。

ちなみにヨシアキというのは祥明の本名である。

「よ、よろしく」

瞬太はがばっと頭をさげた。

「あらまあ、東京から？　遠い所をはるばる疲れたでしょう。ぶぶ漬けでもいかが？」

蜜子はにっこりと笑う。

「ぶぶ……？」

「お母さん、やめてください」

瞬太がきょとんとしていると、春記が慌《あわ》てた様子で母をとめた。

「ちょっとした京都ジョークじゃない。期待されてると思って、あえて言ってあげたのよ」

「ぶぶ漬けって何？」

怒られるだなんて心外だわ、と、蜜子はうそぶく。

「お茶漬けのことを京都弁でぶぶ漬けって言うんだよ」

知らないのなら良かった、と、春記はほっとしたように微笑《ほほえ》み、眼鏡の位置を直す。

「お茶漬け？　食べたい！」

「えっ、食べるのかい？」

「うん。新幹線で駅弁食べたけど、お茶漬けくらいなら入るよ。京都のお茶漬けって美味《おい》しそうだし」

山科家の人たちはあっけにとられた様子で、瞬太を凝視する。

「おれ、何か変なこと言っちゃった？」

瞬太がおずおずと尋ねると、蜜子は肩をすくめた。

「……いいえ、全然。のり子さん、坊やにぶぶ漬けをだしてあげて。京都スペシャルでね」

蜜子が内線で言うと、一瞬の間の後、「はい」と、のり子は応答した。

十分後、のり子がお盆にのせてはこんできたお茶漬けは、あぶった魚と三つ葉、梅干しをのせた豪華版だった。

早速、瞬太はお茶漬けをかきこむ。

「うわ、何この魚、美味しい！　鯛《たい》じゃないよね？」

「鱧《はも》でございます」

瞬太が頰《ほお》にごはん粒をつけたまま、目をきらきらさせて尋ねると、のり子は無表情で答える。

「鱧は夏の京都の名物だよ」

春記が補足した。

「へぇ、鱧！　こんな美味しいお茶漬けはじめてだよ。ぶぶ漬け最高だね！」

「おそれいります」

無表情のままのり子は頭をさげ、他の仕事に戻って行く。

蜜子は小さく嘆息をもらし、脱力したような笑顔をうかべたのであった。

三

ずっと黙っていた春記の父の宣直が、こほん、と、咳払いをした。

「そういえばヨシアキ君は、お店をひらいたんでしたね」

瞬太はお茶漬けを頬張ったまま、こくこくと頭だけ動かす。

宣直は上品で恰幅《かっぷく》の良い老紳士だ。頭頂部はすでに髪がなく、小さくつぶらな目に、ふっくらした鼻と頬。年齢は七十代後半くらいだろうか。春記とはあまり似ていないが、優しそうな人である。

「何をあつかうお店ですか？」

「彼の陰陽道の知識を生かして、占いや護符販売、それに祈禱《きとう》やお祓《はら》いをやるお店ですよ。その名も陰陽屋《おんみょうや》です」

「ほう、そんな専門的な店をだせるなんて、さすがですねぇ」

春記の答えに、宣直は素直に感心したようだ。

実際はかなりマニアックでうさんくさい店だが、親戚の前でそんなことを暴露すると、祥明に恨まれるかもしれないと思い、瞬太は黙って、にこにこしていた。

だがここには、そんな瞬太の気配りを無にする人物がいたのである。

「ヨシアキ君がお店をはじめたって聞いて、カフェかしら、それともインテリアや雑貨のお店なんかも素敵ねって楽しみにしていたのに、そんなつまらなそうなお店だなんて、がっかりだわ。安倍《あべ》家の男たちときたら、本当にあいかわらずなんだから」

蜜子は優雅に肩をすくめた。

「一刀両断ですね」

春記は苦笑する。

「瞬太君、うちの母はね、自分も安倍家の人間のくせに、学問が嫌いなんだよ」

「へえ……」

「仕方ないでしょ、嫌いなものは嫌いなんだから」

安倍家は代々、学者の家柄で、祥明の父も祖父も、大学の先生である。

瞬太は国立の安倍家で、柊一郎《しゅういちろう》の蔵書の整理を手伝ったことがあるが、膨大な量に圧倒されたものだ。

そんな家に生まれても、学問が嫌いな人もいるのか。

「おばさんは、祥明……じゃなくて、ヨシアキのお母さんのお姉さん、だっけ？」

「うちの母は、ヨシアキ君のお祖母《ばあ》さんの姉、つまり大伯母《おおおば》だよ」

苦笑しながら訂正したのは、春記である。

「大伯母？」

そうだ、よくよく思い出したら、春記は祥明の母の従弟《いとこ》だった。

しかし祥明の祖母といえば、七十は越えていたはず。

その姉ということは……。

「ええっ、本当に⁉」

「さらに言えば母は父よりも年上だ。正確な年齢を暴露すると抹殺されるから、口が裂けても言わないけど」

「ええっ⁉　すごく若く見えるんだけど！」

「あら、いい子ね。ヨシアキ君と違って正直なところがすごくいいわ」

蜜子はにっこりと満面に笑みをたたえて、瞬太の頭をくるくるなでる。

たしかに化粧は濃いが、それにしても、六十そこそこにしか見えない。

全然つり目じゃないけど、もしかしてこの人も、化けギツネなのか……？

瞬太は緊張して、ごくり、と、つばをのむ。

しかし。

「エステの力は偉大なんだよ」

春記が耳打ちした一言で、謎は解けた。

エステおそるべし。

「瞬太君、いい？　あたしのことはおばさんじゃなくて、蜜子さんってよぶのよ？」

蜜子につややかな紅い唇で命じられ、瞬太はこくりとうなずく。

「うん、わかったよ、蜜子さん」

「よろしい、それさえ守れば、いくらでもうちに泊まっていいわ」

うふふ、と、蜜子は機嫌良く微笑《ほほえ》みながら、瞬太の鼻をひとさし指でつついた。

なんだか普通じゃない。

いや、祥明の大伯母《おおおば》にして春記の母なのだから、普通の人であるはずはないか。

瞬太は妙に納得したのであった。

一方、ごくごく普通の人に見えるのは、春記の父だ。

高そうでおしゃれな服や時計を身につけているが、おっとりにこにこしているし、特に若作りもしていない。むしろ春記の父親にしては、年をとっているなという印象だ。

「瞬太君は何年生？」

宣直は気さくに話しかけてきた。

「高校三年です」

「どこを観光する予定ですか？」

「え？」

瞬太はきょとんとする。

観光などまったく考えていなかったからだ。

そもそも京都に来るつもりなどなかったのだし。

「京都観光するでしょう？」

京都に来たからには、観光するに違いないと決めてかかっているようだ。

「えーと、どこか面白いところある？」

中学校の修学旅行が京都と奈良だったはずなのだが、ほとんど記憶にない。おそらく寝ていたのだろう。

「そうですね、まずは清水寺《きよみずでら》に金閣寺《きんかくじ》、銀閣寺《ぎんかくじ》が基本です。修学旅行で訪れたことがおありでしょうけど、何度行っても見応《みごた》えがありますよ。東寺《とうじ》の五重塔や西芳寺《さいほうじ》の苔《こけ》のお庭も素晴らしいです。そうそう、太秦《うずまさ》の映画村もおすすめですよ。楽しいアトラクションもありますし。それから、外国の方たちに大人気なのは、伏見《ふしみ》稲荷大社《いなりたいしゃ》の千本鳥居ですね。独特の雰囲気があります」

「ふーん、そうなんだ」

伏見稲荷の名前は聞いたことがある。

たしか東の王子稲荷に、西の伏見稲荷と誰かが言っていた。

母のみどりだろうか。それとも祥明か？

「で、どこへ行きますか？　案内しますよ？」

「えーと……」

宣直に小さな目をきらきらさせながら返答を迫られ、瞬太は答えに窮《きゅう》した。

熱心に説明してくれたのに申し訳ないが、正直、どこもあまり興味がわかないし、そもそも楽しく観光という気分にならない。

「お父さん、瞬太君はさっき京都に着いたばかりで疲れていますから、今日のところはこのへんで」

春記が助け船をだしてくれる。

「そうですか。ではまた明日、ゆっくり相談いたしましょうね」

宣直は鷹揚《おうよう》にうなずいた。

「おいで、客間に案内するから」

瞬太は春記とともに、ソファから立ち上がる。

「おやすみ、瞬太君」

「また明日ね」

「お、おやすみ」

瞬太は、宣直と蜜子に再びぺこりと頭をさげた。

四

瞬太が案内されたのは、二階にある八畳ほどの客間だった。

のり子が敷いてくれたふかふかの布団には、パリッとのりのきいたシーツがかかっている。

「パジャマと洗面道具も用意しておきました。洗濯物はランドリーバッグにいれておいてください。他に必要なものがありましたら、そちらのインターフォンの内線ボタンを押してお知らせください。遅い時間でもかまいません」

「ありがとう。でも深夜って何時まで？　十時には帰るよね？」

「わたくしは住み込みです」

「えっ⁉」

瞬太は思わず驚愕《きょうがく》の声をあげてしまった。

本当に住み込みの家政婦さんっているんだ……！

そもそも本物の家政婦さん自体、今日はじめて見たのに。

まさに生きた都市伝説。

「何か？」

「う、ううん。びっくりしただけ」

瞬太が首を左右にぶんぶんふると、のり子は「どうぞごゆっくり」と、部屋からでていった。

山科家って、もしかして、ただのお金持ちじゃなくて、とてつもないお金持ちなのだろうか。

「瞬太君、お風呂に案内するよ」

春記に言われ、瞬太は再び立ち上がった。

「あの……春記さん、お父さんって、何をしている人なの？」

廊下をついて歩きながら尋ねる。

「以前はファッション関係の会社を経営してたけど、今は引退して悠々自適だよ」

「ひゃー、社長さんだったのか」

そう言われてみれば、春記の父はいかにもという雰囲気の、ダンディな老紳士だ。

顔は似ていないが、春記がおしゃれなのは父譲りなのだな、と、瞬太は推測した。

「春記さんはお父さんの会社をつがないの？」

「父の会社は姉がついでくれたから、僕は好きなことをやっていいのさ」

春記は妖怪博士という通称をもつ学者なのだ。

「まあとにかく、部屋はいっぱいあるからね。好きなだけいていいよ。なんなら、このまま僕の助手にならないかい？」

一度断った話を春記にむしかえされ、瞬太はドキッとする。

そういえば去年陰陽屋に泊まっていった時も、京都に来て助手にならないかと誘われたのだった。

もちろん瞬太が化けギツネだからだ。

たまたま東京駅で会ったものだから、うっかり京都までついて来てしまったが、よく考えたら、危険な選択だったかもしれない。

「えっ、でも、学校もあるから、そんなにゆっくりはできないんだ」

「ああ、瞬太君はまだ高校生なんだっけ」

「うん」

「残念だな。まあでもせっかく来たんだし、夏休みの間くらいはいられるだろう？」

「う、うん。あ、そうだ、しばらくバイトを休むって、祥明に連絡してもらえるかな？　携帯を忘れてきちゃって」

祥明に言っておけば、すぐ両親にも伝わるはずだ。

「いいよ」

春記は機嫌良く引き受けてくれた。

浴室も旅館のような檜《ひのき》造りを予想していたら、青いタイルばりの壁に、ジェットバスだった。壁にはテレビがとりつけられている。

瞬太は広い湯船につかりながら、途方に暮れた。

しばらくバイトを休むと言ってしまったが、春記の家に長居をするのは、やめた方がいいだろうか。

でも他に行くあてもないし、東京に帰るお金もない。

お金をなんとかして東京に帰ったとしても、沢崎家には帰れない。

成長が止まってしまった自分がいると、迷惑をかけてしまう……。

実の親との再会は、感動的なものだろうか、それとも、嫌な思いをすることになるのだろうか。

子供の頃からずっと、あれこれ想像してきたものだ。

だがまさか、みどりをふくめ、三人がにらみあいをする修羅場になろうとは。

いろいろききたいこともあったはずだが、全然それどころではなかった。

こんなことなら、会わない方がよかったとすら思う。

そもそもあの二人のどちらが本当の母親なのだろうか。

呉羽《くれは》は、恋人の燐太郎《りんたろう》が死んだ後に瞬太を妊娠していることに気づき、父親が必要だと言われて、恒晴《つねはる》という人と結婚したと言っていた。

だが、瞬太を守るために、その恒晴のもとから逃げ出した、とも。

もしも呉羽の話が本当だとしたら、瞬太のせいで、不幸になったのだろうか……?

呉羽の話は突拍子がなさすぎて、全然実感がわかないし、何がなんだかわからない。

ただ、自分の成長がほぼ止まっていることだけは、まぎれもない事実だ。

たしかに高校に入ってから、ほとんど背がのびていない。

いや、ほんのちょっぴりはのびたのだが、高坂《こうさか》たちとの差は開く一方だ。

同級生のみんなが大学へ行き、あるいは就職し、大人になっていくのに、自分はずっとこの姿のままなのだろうか。

みどりがおばあちゃんに、吾郎がおじいちゃんになっても?

そして祥明も、いつか自分を置いていってしまうのだ……。

自分は化けギツネなのだから、みんなとは違うということは、子供の頃からわかっていた。

でも隠しておきさえすれば、何とかなってきたので、それほど深刻に悩んだことはない。

化けギツネだと承知の上で、みどりと吾郎は育ててくれたし、高坂たちも友人づきあいを続けてくれている。

祥明にいたっては、化けギツネだから陰陽屋のアルバイト式神《しきがみ》としてちょうどいい、と、採用してくれた。

だが、いつまでもこのままではいられないのだ……。

そんなこと、知りたくなかった。

この先どうすればいいのか、さっぱりわからない。

わかっているのは、帰れないということだけだ。

はじめて味わう絶望的な孤独感に、瞬太はうちひしがれていた。

五

翌日。

瞬太が目をさましたのは、ほとんど正午に近い時間だった。

昨日東京駅で春記が買ってくれたTシャツとハーフパンツに着替える。

一階の洗面所にむかって長い廊下を歩いていると、中庭に面した部屋で、春記が新聞を広げながらコーヒーを飲んでいるのが見えた。

「おはよう、瞬太君。よく眠れた？　のり子さんに食事を頼むから、一緒に食べよう」

「うん」

顔を洗って食堂へ行くと、できたてのフレンチトーストが瞬太を待っていた。オレンジと蜂蜜をぜいたくに使ったフレンチトーストで、さわやかな香りが食欲をよびさます。

「何これ、朝からすごいごちそうだね！　いただきます」

瞬太はパンッと手をあわせると、フレンチトーストを猛然と平らげはじめた。

「おじさんとおば……蜜子さんは？」

「父は瞬太君をかまいたがったけど、ゴルフに行かせた。母はエステと買い物かな。二人ともたいてい昼間はいないから、気にしないでいいよ」

「春記さんは？」

「今日は日本妖怪学会京都支部の定例会があって、夕方からでかける予定だけど、瞬太君、一人で大丈夫？　何なら一緒に来てもいいよ。学生たちも来るし」

「えっ、おれ!?」

妖怪学会と聞いて、瞬太はぎょっとする。

そんな恐ろしいところにのこのこ出かけて、捕まえられたら大変だ。研究材料にされてしまう。

「う、ううん、今日はその、何だか疲れがぬけないから、留守番してるよ」

「そう？　じゃあゆっくり寝るといいよ」

春記はにこにことうなずいた。

思えば春記は、昨日から、ずっとご機嫌である。

「のり子さん、瞬太君は食べ盛りだから、おきた時にすぐに食べられるものを用意しておいてあげて」

「かしこまりました」

料理上手の家政婦は、ちらりと横目で瞬太を見ると、春記にうなずいた。

あっという間に三日がたった。

瞬太は山科邸で、寝たきりのぐうたら生活をおくっている。

東京にいた時は、自宅ではみどりと吾郎が、学校では先生と高坂がおこしてくれたので、何とか日常生活をおくれていたのだが、京都では瞬太の眠りをさまたげる人が一人もいないのだ。

春記は講演や執筆で忙しいようだし、蜜子はエステと買い物でたいてい外出している。宣直は見た目通り優しい人で、本当は瞬太と観光地めぐりをしたいらしいのだが、そんなに眠いのならと遠慮してくれているようだ。

かくして毎日、眠りたい放題の瞬太だが、空腹が限界に達し、どうにも我慢できない時にだけのそのそとおきだし、のり子が作り置きしておいてくれたカレーやピラフなどに舌つづみをうつ。

胃袋が満たされるとまた眠くなるので、布団に転がりこむ。

誰にもおこされないことに加えて、気のせいか、いつにもまして眠い気がする。

ハワイに行った時は時差ボケだったが、今回は夏バテだろうか。

「お風呂に入らないんですか？」

ぐうたらへの唯一のストッパーは、のり子である。

「昨夜は、もう一眠りしてからお風呂にはいるよ、と言ったきり、朝までおきませんでしたよね？」

冷ややかな口調で言われると、逆らえない。

「きょ、今日こそ入るよ」

「わかりました。パジャマをだしておきます」

瞬太は眠い目をこすりながらバスルームにむかった。

それにしても、これからどうしたらいいんだろう。

お風呂で、あるいは布団の中で、あの日のことばかりが頭の中をかけめぐる。

もう沢崎家には帰れないのだろうか……。

瞬太は湯船でうとうとしかけ、顔にパシャッとお湯をかけた。

だめだ、考えごとをしようとすると、必ず眠くなってしまう。

このままだと、遠からず、この広い湯船で溺死《できし》することになりそうだ。

瞬太は頭をぷるぷるふって、

「お風呂で考えごとはしないぞ！」

と、自分にむかって宣言した。

六

京都に来てから一週間ほどがすぎた。

毎日寝てばかりなので、正確な日付はわからない。

瞬太がかなり遅い朝食をとっていると、春記が食堂にあらわれた。のり子にコーヒーを頼む。

「瞬太君、もしかして体調悪いの？」

瞬太がずっと家にひきこもっているので、さすがに春記もおかしいと感じたのだろう。

「それとも悩み事があるなら相談にのるよ？　そもそも何かあったから家をとびだしてきたんだよね？　それとも恋の悩みかな？」

ついに恐れていた質問がきた。

どうやら春記なりに気をつかっていたらしく、なぜ「泊めてくれ」と瞬太が頼んだのか、これまで一度も聞かれなかったのである。

「べ、別に何もないよ」

瞬太は頭を左右にぶんぶんふった。

泊めてくれて、しかも毎日美味しいご飯までだしてもらって感謝しているが、化けギツネの母が二人もあらわれたなんて、妖怪博士が大喜びしそうな話をするわけにはいかない。

「言いたくないなら言わないでもいいけど、毎日うちにひきこもってたんじゃ気が滅入るだけだよ。父じゃないけど、京都観光でもしてきたら？」

「ええと、実は、財布がからっぽでどこにも行けないんだ」

嘘はついていない。

「ああ、なんだ、早く言えばいいのに」

春記はくすくす笑いながら、財布から一万円札をだした。

「はい、お小遣い」

「えっ、でも」

「大丈夫だよ、利子をつけて返せなんて言わないから。そういえば携帯電話もないんだったね。何かと不自由だろうから、買ってあげようか？」

「えっ、いや、携帯持ってなくても観光できるから大丈夫だよ」

瞬太は京都観光には興味がないのだが、これ以上、あれこれ追及されたくないので、いきおいで応じてしまった。

「遠慮しないでもいいのに。そうだ、明日なら僕もあいてるし、案内してあげるよ」

「一人で大丈夫だよ、子供じゃないんだから。春記さんは仕事してて」

「そう？」

妖怪博士が一緒だと気がぬけないので、一人ででかけるに限る。

「おすすめの場所はどこだったっけ？　おじさんがいっぱい言ってた気がするけど」

「やっぱり僕も一緒に……」

「一人で大丈夫だから！」

「本当かなぁ」

瞬太と春記の押し問答は、たっぷり五分以上続いたのだった。


その日の午後。

真夏のぎらつく陽射しの下、春記がプリントアウトしてくれた観光マップを握りしめて、瞬太は京都探索にでかけた。

「父も言ってたけど、最近人気の観光スポットといえば伏見稲荷だね。妖狐の瞬太君にはぴったりじゃない？」

という春記の推薦で、行き先は伏見稲荷大社である。

別に人気スポットでなくてもよかったのだが、たしかに自分はお稲荷さまと縁があるし、一度くらいお参りしてもいいかなと思ったのだ。

電車で伏見稲荷駅まで行き、土産物屋や飲食店が並ぶにぎやかな参道を五分ばかり歩く。中には占いの店もあるようだ。平日だが、参拝客はけっこう多い。

「でかい……」

境内《けいだい》の入り口にそびえる巨大な鳥居の前で、瞬太は立ちつくした。

境内もやたら広く、平日なのに大勢の参拝客でごったがえしている。さすが人気の観光スポットだけあって、外国人も多い。

境内の奥には、立派な朱塗りの建物がいくつかあり、その背後のこんもり繁った山には、朱色の鳥居が列をなしている。まるで鳥居のトンネルだ。

この山全体が、伏見稲荷大社なのである。

王子稲荷神社も、今でこそ住宅街の真ん中にあるが、昔は森に狐がたくさん棲息《せいそく》していたというから、こんな感じだったのだろうか。

「ここが伏見稲荷かぁ……」

なんだか落ち着かないが、ここまで来て、お参りをしないわけにはいかない。

瞬太は鳥居をくぐり、境内をまっすぐすすんだ。

正面にはやはり朱塗りの立派な楼門《ろうもん》があり、瞬太の倍以上は身長がありそうな狛《こま》狐《ぎつね》が左右をかためている。

狛狐は強面《こわもて》で目つきが鋭く、ぎろりと見おろされているかのような威圧感があった。にらまれるというほどではないが、品定めされているような居心地の悪さを感じるのは、自分の心にやましさがあるせいだろうか。

「ど、どうも……」

瞬太は小声でもごもご狛狐に挨拶すると、そそくさと楼門を通り過ぎる。

本殿にお参りしようとして、はたと足をとめた。

何をどう祈願すればいいのか、考えがまとまらない。

きっとみんな、商売繁盛とか、志望校合格とか、何か具体的なお願いをしているのだろうが、今の自分は、仕事も学校もサボっているし、恋愛だって、三井にふられて、かれこれ一年近くたつ。今さら何とかしてくださいとお願いされても、お稲荷様だって困るに違いない。

「えーと……」

悩み事はもちろんある。

だが、たとえばあの母親たちの事情をいちから説明して、無事解決するようお願いするには、三十分はかかりそうだ。

祥明か委員長がいれば、さくっと一分間でまとめてくれただろうけど。

それとも、お稲荷さまなら「例のアレ、よろしくお願いします」で、わかってくれるだろうか。

いや、さすがにそれはだめな気がする。なんとなく。

考えに考えた挙げ句、「瑠海ちゃんの赤ちゃんが元気に生まれてきますように」とお祈りして、瞬太はぺこりと頭をさげた。

七

お守りを買い、他の人たちの後について行ったら、駅ではなく、稲荷山めぐりにむかう列だった。

稲荷山の全体図が描かれた大きな看板が、山の入り口にたっていたのだが、ぐるりと一周できるようになっているらしい。

この暑いのに山歩きは気が進まないなぁ、と、看板の前で迷っていると、母と娘らしい二人連れの会話が聞こえてきた。

「この先が有名な千本鳥居なの？」

「そうよ。すごく壮観なの」

「でも山を一周するのに二時間かかるんでしょ？」

二時間!?

瞬太は驚いて、キツネ耳をだしそうになり、慌てて両耳をおさえる。

この山を一周するのに、二時間もかかるのか。

「真夏に山登りはいやだなぁ。お母さん一人で行ってきてよ」

「ちょっとしたハイキングくらいのものよ。それに疲れたらお茶屋さんで休めるから大丈夫」

娘は気乗りしない様子だったが、母とともに、しぶしぶ坂道をのぼりはじめる。

たしか春記の父も、千本鳥居がどうとか言っていた。

千本鳥居に行かなかったと言ったら、あきれられるだろうか。

疲れたらお茶屋さんで休めるから大丈夫、という、見知らぬ女性の言葉に後押しされ、瞬太も坂道をのぼりはじめた。

鳥居の密度は、場所によって、まばらなところもあれば、びっしりとすきまなく並んでいるところもある。高さは二メートルあるなしなので、まるで朱色のトンネルだ。

トンネルのすきまから見える景色はずっと木立で、見晴らしはあまりよくない。

日本人も外国人も、あちこちで立ち止まっては記念写真をとり、おしゃべりしながら、ゆったりとすすんでいく。

みんな楽しそうでいいなぁ。

瞬太はつい、心の中でぼやいてしまう。

ハワイはもっと外国人ばかりだったけど、こんな独《ひと》りぼっち感はなかった。

あの時は委員長たちが一緒だったのだから、あたりまえだ。

今頃みんな、どうしているのだろう……。

二十分ほどだらだら歩いて、ようやく見晴らしのいい高台の広場にたどりついた。

四ツ辻という場所らしい。

瞬太はベンチに腰をおろし、手の甲で額の汗をぬぐった。

夏空の下、まぶしい陽射しに照らされて、古都の街並みが広がっている。高層ビルがないので、空が広い。

「京都かぁ……」

そもそもどうして自分は今、京都で観光なんかしてるんだっけ。

東京駅でたまたま春記さんに拾われなければ、どうなっていたのだろう。

お金もなかったし、飛鳥山《あすかやま》公園で野宿する羽目になっていたかもしれない。

そういう意味では深く感謝しているのだが、妖怪博士には言えないことが多すぎる。

瞬太は頭を左右にふって、ベンチから立ちあがった。

稲荷山めぐりはまだまだこれからだ。

いざとなったら、お茶屋さんでかき氷でも食べよう、と、自分をはげまし、千本鳥居を歩く人たちの列に戻る。

それにしても眠い。

頭上からふりそそぐ蟬《せみ》しぐれ。土と森の匂い。

目の前にちょうどいい木陰が……

ちょっとだけ……

「おい、君」

誰かが瞬太の肩をゆさぶっている。

委員長だろうか。

「君、大丈夫か？」

いや、この声は委員長じゃない。

「ん……？」

うっすら目をあけると、きれいな琥珀色《こはくいろ》の瞳が瞬太の顔をのぞきこんでいた。

見知らぬ青年だ。

明るい茶髪が瞬太の頰をくすぐる。

「気がついた？」

「あ、うん……」

瞬太はねぼけまなこでうなずく。

「こんなところで倒れるなんて、きっと熱中症だね。でもここに救急車はよべないし、どうしたものかな」

青年は心配そうに眉をひそめた。

おそらく二十歳《はたち》くらい。

大学生だろうか？

「とりあえず水分を補給しないと」

「えーと……」

何を言われているかわからず、瞬太はとまどう。

「冷たいスポーツドリンクありますよ」

青年の背後からペットボトルをさしだしたのは、稲荷山の見取り図を見ながら相談していた母娘連れだった。

それだけではない。

瞬太が顔を上げ、あたりを見回すと、そこにはちょっとした人だかりができていたのである。二十人近くいるだろうか。

「大丈夫？」

「歩けるかしら？」

「お茶屋さんまでおんぶしようか？」

みな心配そうに瞬太を見ている。

瞬太は無意識のうちに鳥居の回廊からはずれ、大木に背中をあずけて、眠り込んでしまったようだ。

それが千本鳥居のルートを歩いていた人たちからは、熱中症で倒れたように見えたのだろう。

「だ、大丈夫だよ。ちょっと、ええと、寝不足で、うたた寝をしてたんだ」

瞬太は慌ててぴょこんと立ち上がった。

お尻についた泥を手ではらう。

「なんだ寝ていただけか」

「びっくりしたわ」

人だかりからどっと笑い声がおきる。

「ど、どうも」

瞬太は顔を赤くして、そそくさと逃げだした。

さすがは人気の観光地だ。人が多すぎて、うっかり居眠りもできない。

旅の恥はかきすて……とはいうものの、これは恥ずかしすぎだ。

とりあえず、人のいない方に走っていく。

やみくもに木立をかけぬけ、ようやくひとけのない場所にたどりついた。

「あー、もう、ゆっくり昼寝もできないなんて」

口を尖《とが》らせ、ぶつくさ文句を言いながら、あたりを見回した。

人っ子一人見えない。

ここなら誰にも邪魔されずに、熟睡できそうだ。

とはいえ、あんなこっ恥ずかしい思いをしたばかりなので、さすがの瞬太も昼寝の気分にはなれない。

「鳥居はもう一生分見たし、帰ってからゆっくり寝よう」

瞬太は、うんうん、と、一人うなずいた。

ただ問題が一つある。

「どっちへ行けばいいんだ？」

とにかく人だかりから離れたい一心で、森の中を夢中で走ったので、どちらにむかえば伏見稲荷の境内に戻れるのかわからない。

見渡す限り、似たような木が斜面に並んでいるだけだ。

人の気配がないか耳をすませてみるが、蟬しぐれがうるさすぎて、それ以外は拾えない。

「うーん……とりあえず下だよな？」

瞬太は誰にともなくつぶやくと、斜面をくだりはじめた。

富士の樹海じゃないんだから、適当に歩いていれば、そのうち道に戻れるはずだ。

ところが、歩いているうちに、新たな問題が発生した。

空がやわらかなサーモンピンクに染まり、あたりが薄暗くなってきたのである。

「えっ、もう夕暮れ!?」

あわてて腕時計を見ると、もう七時をすぎていた。

どうやら自分は、あの青年におこされるまで、何時間も昼寝をしていたらしい。

当然ながら、山の中に街灯はないし、懐中電灯も持っていない。

幸い化けギツネなので、まあまあ夜目がきくのだが、さすがに足もとの石ころや木の根をよけながらだと、歩きにくい。雑草も生い茂っている。

そうこうしているうちに、とっぷりと日は暮れ、山の中は暗闇に沈んでしまった。

うっそうとした木立が邪魔で、星も見えない。

蟬だけは、何事もなかったように、合唱を続けている。

「まいったなぁ……」

瞬太はぼそりとつぶやく。

「そうだ！」

瞬太ははっとした。

重要なことを思い出したのだ。

右のてのひらをひろげ、蒼《あお》くゆらめく狐火《きつねび》をだす。

うっかり忘れていたが、暗闇ではなかなか役にたつのだ。

懐中電灯ほどの明るさはないが、それでも狐火があるとないとでは大違いである。

今はあたりに誰もいないし、遠慮する必要もない。

「化けギツネでよかったぜ」

自分で自分をほめながら気分良く歩いていると、暗闇から、カサカサッと物音がした。何か大きな動物の足音のようだ。

ま、まさか熊じゃないよな……!?

瞬太はとっさに木のかげにかくれ、右手を握って狐火を消した。

しかし足音はどんどんこちらへ近づいてくる。

けっこうな早足だ。

瞬太の首筋をたらりと嫌な汗がつたう。

こうなったら先制攻撃あるのみだ。

「狐火っ!!」

瞬太は木のかげからとびだすと、二メートル近くはありそうな黒い影にむかって右手を突き出しながら、蒼い狐火をともす。

「ギャアアアアッ!!!」

目と歯だけが白い巨大な黒い影は、狐火に驚いて奇声をあげ、逃げだした。

「ワーッ!!!」

相手の大声にびっくりして、つい瞬太も大声をあげ、反対側にとびすさる。

何だ、今の奇声!?

怖い、怖すぎる……!

涙目で瞬太は全力疾走する。

しばらく走って、完全にさっきの巨体の気配がなくなると、立ち止まって呼吸をととのえた。

どっちから歩いてきたのか、さっぱりわからない。

もはや完全に迷子である。

「うう……」

瞬太は地面に座りこんだ。

もう夜八時をすぎ、すっかり腹ぺこである。

陰陽屋の営業時間が夜八時までなので、それから帰宅して、吾郎がつくった晩ご飯にありつくのは、たいてい八時半くらいだ。

たまに祥明と一緒に、上海亭《シャンハイてい》に行くこともある。

今頃祥明は、一人で上海亭に行っているのだろうか。

「おまえたちは元気だなぁ……」

昼間からずっと休みなく鳴いている蟬たちにむかって話しかけてみるが、もちろん反応はない。

そういえば、小さい頃、自分はよく迷子になっていた気がする。

「おうちがわからなくなったら、よく鼻をはたらかせて、においをかぐのよ」

瞬太はみどりの教えを思いだした。

そうだ、今日は聴覚にばかり頼っていたが、自分には嗅覚だってあるじゃないか。

瞬太は鼻に意識を集中させた。

泥のにおい、樹木のにおい、草のにおい、それから……。

あった！

醬油と砂糖の匂いだ！

かすかにただよってくる美味しい匂いをたどって、瞬太はなんとか駅前まで戻ることができたのであった。

八

翌日、瞬太はバスに乗り、晴明《せいめい》神社に行ってみた。

伏見稲荷大社の山で迷子になって、もう京都観光はこりごりだったのだが、「ヨシアキ君は陰陽師のお店をひらいているんでしょう？　だったら瞬太君も、晴明神社へは行っておかないと。あの有名な安倍晴明を祀《まつ》った神社なんですよ」と、宣直に強くすすめられたのである。

ついでに、伏見稲荷に関して「稲荷山で迷子になったの？　たまにいるんだよね、キツネに化かされる人が」と春記に言われて、瞬太ははてしなく落ち込んだ。

キツネがキツネに化かされたなんて、恥ずかしすぎる。

穴があったら入りたいとは、このことだ。

瞬太はぶんぶんと頭を左右にふった。

伏見稲荷のことは忘れよう。

幸い晴明神社には山なんてないし、敷地の広さもほどほどなので、迷子になる心配もない。

しかしここも人気の観光スポットらしい。猛暑にもかかわらず、若い女性がたくさん来ていて、特にお土産コーナーが混んでいる。

瞬太の母のみどりも陰陽師がでてくる小説や漫画が大好きだから、ここに来たら大喜びでいろいろ買い込みそうだ。

自分は由実香《ゆみか》ちゃんという小学生の女の子が持って来た「りとる陰陽師☆ミッチーくん」くらいしか読んだことがないが。

そもそも陰陽屋にはじめて行った時だって……

「ショウメイは……」

祥明の名前が聞こえた気がして、瞬太は耳をピクッとさせる。

「占いは……」

まさか祥明が京都に来ているのか⁉

瞬太は慌ててあたりを見回すが、祥明の姿は見えない。

五秒ほどして、祥明ではなく、この神社の名前の由来でもある安倍晴明の話をしているのだと気がついた。

安倍祥明と安倍晴明、似ているからややこしい。

いや、本名はヨシアキである祥明が、晴明を真似《まね》て祥明と名乗っているのだから、似ていてあたり前なのだが。

あちこちから「晴明」と聞こえてくるたびに、祥明に聞き間違えてビクビクしてしまう。

しかも社務所に人生相談鑑定、つまり人生相談と占いのコーナーがあるのだ。

居心地が悪すぎるので、晴明神社は早々に退散することにした。

九

京都観光の三日目は、清水寺にでかけてみた。

またまた春記の父、宣直のおすすめである。

「もう京都観光は満足した？　何を言ってるんですか。清水寺には絶対行かないとだめでしょう。とにかくすごいんです。東京タワーよりも高さを実感できますよ。明日こそ僕が案内しましょう」

「え、いや、一人で行けるから大丈夫！」

瞬太はいきおいで言ってしまった。

宣直はおそらくいい人なのだが、妖怪博士の父だと思うと、ついつい警戒してしまう。

それにしても清水寺には、中学の修学旅行で来たような気もするが、例によって、まったく思いだせない。

そして清水寺も、予想通りの混雑である。

三日目にして、どうやら京都はどこに行っても混んでいるのだということが、瞬太にもわかってきた。

だがよく考えたら、混雑自体はそれほど苦痛ではない。

池袋《いけぶくろ》駅での乗り換えを思いだせば、今日の清水寺はそれほどでもない気すらする。

ただ、ほとんどの観光客が楽しそうな団体やカップルなので、自分は独りぼっちだと思い知らされるのが、少しだけつらいのだ。

それにしても蒸し暑い。

瞬太は有名な舞台から、空を見上げた。

今日は灰色の雲が空をおおっているのだが、まったく涼しくない。

視線を転じて、舞台から下をのぞいてみた。

驚いたことに、腰くらいの高さの手すりがあるだけで、落下防止の柵やネットは一切ない。

地面まで十メートル以上はありそうだ。

「清水の舞台から飛び降りる」という慣用句があるが、たしかにこの高さを飛び降りるには、かなりの覚悟が必要だろう。

鉄骨もクレーンもなかった時代に、この高さの舞台を建てた大工さんたちはすごい、と、瞬太が感心した時。

瞬太の腕を柔らかな髪がかすめ、かけぬけていった。

「え？」

小柄な女性が、いきおいよく舞台の手すりにかけあがると、空にむかって身体《からだ》をおどらせたのである。

「キャーッ」

周囲の観光客たちから悲鳴があがる。

瞬太はとっさに、かろやかなキツネジャンプで手すりをとびこえ、女性の後を追いかけた。

精一杯のばした右手で女性の手首をつかみ、次に左手で、舞台をささえる太い木材をつかむ。

俊敏な化けギツネだからこそできることだ。

舞台上の人々から、おおおっ、というどよめきがおこる。

「よくやった！」

「その手を放すなよ！」

女性はなんとか地面から五メートルほどのところで、瞬太にぶらさがっている。

しかし瞬太は、瞬発力はあるが、持久力はあまりない。

幸い女性は小柄で、体重も五十キロ以下のようだが、レスキューが到着するまで、このまま持ちこたえられるとは思えない。

「どうしよう……」

右手も左手もぷるぷる震えている。

特に木材をつかんでいる左手がつらい。

だが幸い、地上側にも団体観光客がいた。一人の外国人観光客が、大きなキャリーバッグの中からブランケットをとりだす。

数人の男女が地上でブランケットをひろげてくれたのを確認して、瞬太は右手を放した。

小柄な女性は見事にブランケットの上に落ち、みんなに助けおこされる。

女性がブランケットからおりて立ち上がったのを確認し、瞬太はほっとした。どうやら大怪我はなさそうだ。

「大丈夫だよ！」

下の人たちがもう一度ブランケットをはり、構えてくれた。

瞬太も受け止めようとしてくれているのだろう。

自分一人だけなら、五メートルくらい軽々と着地できるのだが、せっかくなので、ブランケットめがけて飛び降りる。

ポスッ、と、軽い音をたてて飛び降りると、地上の人たちがしっかり受け止めてくれた。

「軽いなぁ」

みんなに驚かれながらも、瞬太は地面におりる。

「ありがとう、助かったよ」

「痛いところはない？」

「うん、大丈夫」

「じゃあ気をつけてね」

団体客たちはバスに戻る時間が迫っているとかで、さっさとブランケットをしまうと、手をふって去っていった。

「ありがとう！」

瞬太はもう一度叫んで、大きく手をふる。

「あれ、ところであの人はどうなったんだっけ？」

あたりを見回すと、舞台から飛び降りた女性は、呆然とした様子で地面にへたりこんでいた。

「大丈夫だった？　怪我はない？」

瞬太が声をかけると、女性はゆっくりと顔をあげた。

二十代半ばくらいだろうか。

瞬太の腕をかすめた柔らかな長い髪に、少したれた大きな瞳。

さすがに顔色は蒼白い。

「あ……あた……」

かすかに震える唇をひらくが、何を言いたいのかよくわからない。

「え？　なに？」

「よ……余計なことをしないで……！」

女性は声をしぼりだした。

十

「どうして……邪魔したの……！」

震える唇で、女性は瞬太に抗議する。

「どうしてって……」

助けた女性に、お礼を言われるどころか文句をつけられて、瞬太は困惑した。

そんなに死にたかったのだろうか。

「えっと……どんな事情があるのかわからないけど、自殺はやめた方がいいんじゃないかな」

「自殺じゃない。ただ飛び降りただけ……」

かなり思いつめた表情である。

もしかして、バンジージャンプの一種だったのだろうか。

いやいや、命綱をつけないバンジージャンプなんて新しすぎる。

「ただの飛び降りって、意味がよくわからないんだけど。もし何か悩んでいることがあるんだったら、話を聞くよ？」

どこかで聞いたような台詞《せりふ》をそのまま口にしたら、おもいっきりけげんそうな顔をされてしまった。

「……初対面の中学生に……？」

「高校生だよ」

「ごめんなさい。でも、もし悩みごとがあったとしても、初対面の高校生に話すのはちょっと……」

「う……」

大きな目を伏せながら言われて、瞬太は言葉につまった。

祥明だったら占いと営業スマイルとホストトークで話を聞き出し、相談にのりつつ解決し、ちゃっかり護符を売りつけたりするところだが、自分にはそんな芸当はできない。

困り果てた瞬太は、あてもなく、清水寺の境内を見回した。

悩み相談は無理でも、せめて占いで気分をかえられるといいのだが。

晴明神社と違い、お寺では占いをやっていないようである。

その時、瞬太の聴覚が、誰かの「あたしは末吉だった」という声をキャッチした。

清水寺ではおみくじをひけるらしい。

「おみくじをひいてみようよ！」

「え？　なぜ？」

瞬太の突然の提案に、女性は首をかしげた。

「おみくじには、きっと、お姉さんの悩み事を解決するヒントがのってると思うんだ」

「そうかしら」

女性は懐疑的だ。

「気分転換にもなるよ。それに」

瞬太が舞台を見上げると、そこには、大勢の観光客がすずなりで、地上にいる自分たちを見下ろしていた。

みんな、一連の飛び降り騒動を目撃していたのだろう。

「やだ！」

瞬太につられて上をむいた女性は、真っ赤になって、両手で頰を押さえた。

「このままここにいたら、救急車や警察をよばれちゃうかもしれないよ」

「そ、それはちょっと」

瞬太は慌てふためく女性を立たせると、おみくじ売り場にひっぱっていった。

女性におみくじをひかせ、ついでに自分のぶんもひいてみる。

「どれどれ……」

二人は薄い紙を受け取って、それぞれひらいた。

やたらに漢字が多い。

「あっ……」

瞬太は顔をしかめた。

「凶」である。

現在の八方ふさがりな状況を見事に当ててはいるのだが、なんだか寂しい。

いや、自分のおみくじはこの際おいておいて。

「お姉さんは？」

「凶よ……」

女性は寂しそうに微笑《ほほえ》み、瞬太に見せた。

たしかに凶だ。

「大吉」か「吉」がでるのを期待していたのだが、こんな時に限って「凶」である。

しかも二人そろって。

「まさか二人とも凶をひいちゃうなんて……」

瞬太はがっくりと肩をおとす。

「清水寺は凶が多いので有名だから、仕方ないわ」

「えっ、そうなの⁉」

女性はこくりとうなずいた。

「浅草寺と清水寺は三割以上の確率で凶がでるって、何かで読んだことがある」

「あの……おれ、知らなくて……ごめん……」

「いいよ別に。凶が多いのは君のせいじゃないし、そんなに落ち込まないで。清水寺で凶をひくのはよくあることみたいだから、逆にへこむ必要もないっていうか……。これは結んでしまえば大丈夫よ」

あまりにも瞬太がしょげ返っていたせいか、だんだん女性の態度が軟化してきた気がする。

二人でおみくじを結ぶ場所に行くと、たしかに大量のおみくじが結ばれていた。「大吉」や「吉」でも、持ち帰らずに結んで行く人もいるから、すべてが凶とは限らないが、それでも、大半が凶なのだろう。

凶のおみくじをきゅっと結びつけると、女性は小さくため息をついた。

「あたしね……実はやりたいことを、両親に大反対されているの」

ぽつり、ぽつりと話しはじめる。

「両親から、おまえなんか清水の舞台から飛び降りる覚悟もないくせにって言われて、そんなことない、あたしは本気だって証明しなきゃって思ったの……」

「えっ、それで、本当に飛び降りようとしたの!?」

瞬太は仰天《ぎょうてん》した。

「うん。結局、君にとめられて失敗したけど」

「ごめん」

「ううん。自分でも今話していて、なんてばかなことやったのかしらって思ったわ。でも本当に、自殺するつもりはないから安心して」

「そっか、よかったぁ」

瞬太はようやくほっとして、笑みをうかべた。

「それで、お姉さんがやりたいことって何なの？」

「それは……言えないわ」

「そっか」

「高校生に言っても、わからないと思うの」

「結婚とか？」

「ううん、仕事のこと。転職したいの」

「転職かぁ。たしかにそれはおれじゃだめかも。でも両親がそろって大反対するって、すごく危険な職業なの？　殺し屋とか泥棒とか」

「そんなブラックな稼業じゃないわ。もっと夢のある……」

「もしかして、海賊王⁉」

「それは夢ありすぎよ」

女性はあきれ顔だったが、ようやくクスリと笑ってくれた。

ずっとこわばっていた顔が、柔らかくなる。

「あたし……その、声優になりたいの」

女性は恥ずかしそうに、小声でうちあけた。

「ふーん」

「……それだけ？」

「いや、わりと普通だなと思って」

「悪かったわね、海賊王じゃなくて」

瞬太の反応が薄かったので、ものたりなかったようだ。

「えーと、どうして声優になりたいの？」

「えっ」

女性は一瞬口ごもった。

瞬太は思いつくままに尋ねてみたのだが、もっと違う言葉を予想していたようだ。

「別に、その、アニオタってわけじゃないのよ。あたしは洋画の吹き替えがやりたいの」

「ふーん」

アニメの声優と洋画の声優は違うのだろうか。

自分から質問しておいて申し訳ないが、よくわからないので、ふーんとしか言いようがない。

「じゃあ、どうしてお父さんとお母さんは反対してるの？」

「あたしが声優になれるわけないっていうの。とりたてて美声でも美人でもないし、年齢ももう二十七だし、夢みたいなこと言ってないでさっさと嫁にいけ、って」

「そうなんだ」

声優に年齢制限があるのかどうか、瞬太にはわからないが、美声は必要な気がする。今聞いている限り、決して悪い声ではないと思うが、素晴らしい美声というほどでもない。

だが、訓練次第で、すごくきれいな声がだせるようになるのかもしれないと思い直す。

「やっぱり君も無理だと思うでしょう？」

女性は自嘲気味に微笑んだ。

「そんなことないよ！　本気で頑張れば、きっとなれるよ」

瞬太はつい、何の根拠もないのに、いつもの調子で安請《やすう》け合《あ》いしてしまった。

「本当になれるって思ってる？」

大きな瞳でじっと見つめられ、瞬太はつい、目をそらす。

「た、たぶん……なれる……かもしれないけど、よくわからない」

「正直ね」

瞬太の返事に、女性はくすりと微笑んだ。

「東京だったら陰陽屋で祥明に占ってもらえるんだけど。いろいろアドバイスもしてくれるし。でも京都だからなぁ……どうしたらいいんだろう」

瞬太がうんうん考え込んでいると、もういいわ、と、彼女は首をふった。

「とにかく、もう飛び降りて、覚悟を証明するなんてばかなまねはしないから、心配しないで」

「うん。えっと……とにかく頑張ってね！」

「ありがとう」

瞬太の励ましに、女性はかすかに笑って、去って行ったのであった。

十一

その夜は蜜子がエステ仲間のマダムたちとヘルシーフードのレストランにでかけたため、山科家では男三人で食卓をかこむことになった。

「今日は清水寺に行ったんだよね？　どうでしたか？」

小さな目をくりっとさせながら、嬉しそうに瞬太に尋ねてきたのは宣直だ。

瞬太が舞台飛び降り騒動の話をすると、宣直は仰天し、春記はあきれ顔で肩をすくめた。

「まだそんなことをする人がいるのか。清水の舞台からの飛び降りは、江戸時代にはやった願掛けだよ」

「そんな危ない願掛けがはやったの!?」

「もちろん迷信だから、絶対に真似しちゃだめだよ。願いがかなうどころか、亡くなった人も大勢いるんだから」

「うん」

そうか、あの飛び降りは、自分の覚悟を親に見せつけるためだけでなく、願掛けも兼ねていたのか。

それで、邪魔をしないで、と、怒られたのだ。

あの女性はどうしても声優になりたいのだろう。

もっと役に立つ助言や激励をしてあげられたら良かったのだが、全然だめだめだった。

苦しまぎれでひいたおみくじは凶だったし。

本当に自分は一人では何もできないんだなぁ、と、瞬太はしみじみため息をつく。

「ところで瞬太君、明日はどこへ行くんですか？　金閣寺とか？」

宣直は、当然明日もどこかへ行くんだよね、と、言わんばかりである。

「いや、お寺と神社はお腹いっぱいだから、観光はもういいよ」

「えっ、京都観光は終わりなんですか!?　まだ伏見稲荷大社と晴明神社と清水寺しか行ってませんよね⁉」

ひどくショックをうけたような顔をされて、瞬太の方が驚いた。

「もしかしておじさん、京都の観光大使とかなの？」

「そういうわけじゃありませんが……」

「お父さん、瞬太君はまだ高校生です。神社仏閣は三日が限度でしょう」

「じゃあ壬生《みぶ》の新撰組屯所《しんせんぐみとんしょ》はどうですか？　あの新撰組が実際に暮らしていたところですよ！」

「新撰組……」

名前は聞いたことがあるが、何だったっけ。

「大政奉還の舞台となった二条城《にじょうじょう》も素晴らしいところですよ。歴史と美術の両方を堪《たん》能《のう》できます」

「ふーん」

二条城……よくわからないが、名前からしてお城だろうか。

「あっ、もしかして瞬太君は幕府よりも新政府寄りですか？　それなら坂本龍馬《さかもとりょうま》が泊まった寺田屋《てらだや》がおすすめですよ。幕末の旅籠《はたご》の風情をよく残してますよ」

「幕末……は、あんまり……」

あんまりというか、正直、さっぱりわからない。

もっとちゃんと歴史の勉強をしておけば、春記の父とも話があっただろうし、京都観光も楽しかっただろうな、と、瞬太はしょんぼりする。

「そうですか、幕末にはあんまり興味がありませんか。となるとどこがおすすめかな。今の時期、京都御所は予約していないと入れませんし……えーと」

「このまえ映画村をすすめてませんでしたか?」

春記が助け船をだした。

「それです。太秦の映画村は、忍者ショーもやっていて、男の子に大人気なんですよ!」

「へー」

「楽しそうでしょう?」

「う、うん」

「行きますよね!」

「う……うん」

宣直につぶらな瞳で迫られ、瞬太は今日もうんと言ってしまう。

「では明日こそ私が案内しますね」

「お父さん、明日はお母さんと映画に行くんじゃありませんでしたっけ？　お母さんとの約束を守らないと大変なことになりますよ」

春記の一言に、宣直はがっくりとうなだれた。

「そうでした。瞬太君、残念ですが……」

「ううん、全然気にしないで！　また今度でいいから」

瞬太はこっそり、ほっとした。


京都観光四日目。

瞬太は太秦の映画村にむかった。

江戸や明治の街並みの中、楽しいアトラクションやお化け屋敷などがある。

当然ながら家族連れやカップルがたくさん来ていてにぎやかだ。修学旅行らしき中学生たちもいる。

……見渡す限り、一人で映画村に来ているのは自分だけだ。

からくり忍者屋敷の迷路の中で、一年の時の文化祭を思い出す。

あの時は教室に段ボールの迷路をつくったのだ。

そして迷路の中で三井に、化けギツネではないかと問われ――。

あの時も自分は三井から逃げ出したのだった。

自分はいったい何をしているんだろう。

雨の中、陰陽屋をとびだした時は、京都に来るつもりなんかなかったし、こんなに長く家をあけるはずでもなかった。

とはいえ東京に帰っても、どうすればいいのかわからない。

そもそも東京まで帰る旅費もないし。

また堂々めぐりだ。

いっそ歩いて帰るか⁉

……無理だ。この炎天下、一時間も歩かないうちに倒れてしまうに決まっている。

迷路の隅で膝をかかえ、ため息をつく。

「ちっとも大人にならない子供がいたら、人間の両親にも迷惑がかかるわ」

そう言ったのは呉羽だったか、それとも山田《やまだ》さんか。

化けギツネでも、耳と尻尾さえ隠していれば、ずっと人間の中で暮らしていられると思っていたのに……。

瞬太はため息をつくと、迷路の中で、安らかな寝息をたてはじめた。

第三話

うちのキツネ知りませんか

一

東京では、毎日、猛暑が続いている。
やはり店を盆休みにして正解だった。
こう暑くては、店があいていたとしても、客は来やしないだろう。
暗い休憩室のベッドでごろごろしながら、祥明《しょうめい》は大あくびをした。
携帯電話で時刻を確認する。
まだ午後三時だ。
もう一眠りしたら、上海亭《シャンハイてぃ》に冷やし中華でも食べにいくかな。
目を閉じ、再び睡魔に身をゆだねかけた時。
ドアをガン、と、蹴りとばす音が地下一階に響きわたった。
「さっさとでてこい、ショウ！」
男が聞いてもほれぼれするような、低くすごみのあるセクシーな声。
この声は、間違いない。

祥明はベッドからころがるようにとびだすと、靴もはかずに店をかけぬけ、ドアを開けた。

さわやかな柑橘系の香りが流れこんでくる。

「雅人《まさと》さん……！」

クラブドルチェの元ナンバーワンホストである雅人は、この暑いのに、さらりと黒革のライダースジャケットを着こなしていた。細いデニムパンツもTシャツもショートブーツもすべて黒で、アクセサリーのチェーンと指輪だけがシルバーである。

真夏の王子の商店街でこんな格好をしている人を、見たことがない。

「真っ昼間からこの格好は何だ」

雅人はサングラスをはずすと、祥明が着ているしわだらけのシルクのシャツをひっぱった。他ならぬ雅人からもらったシャツである。

ついでに祥明の長い黒髪もボサボサで、いつもの眼鏡《めがね》もかけていない。

今まで寝ていたのが、一目瞭然である。

「あー、その、陰陽屋は今、お盆休みで……」

「はあ？　まだ八月八日だぞ」

至近距離からおそるべき目力で迫られ、祥明はあっさり目をそらした。

相手が雅人では勝ち目などあるはずもない。

「京都では八月七日からおしょらいが……」

「ローカルルールを言うならここは東京だから、お盆は七月だ。とっくに終わってるよな」

祥明の舌先三寸が通じる相手ではない。

「しかも店の隅にほこりがたまってるじゃないか。あのアルバイト高校生は、ちゃんと掃除をしてないのか？」

「実は彼はその……」

祥明が言いよどむと、雅人の目つきが一段と鋭くなる。

「店をやめたのか？」

「家をとびだしてしまったんです。家庭の事情で」

雅人はくっきりした眉をひそめた。

「あの見るからに単純そうな高校生が家をとびだすほど悩むなんて、よほどのことだろう。ちゃんと相談にのってやったのか？」

「……いえ」

「おまえそれでも店長か」

雅人にサングラスでピタピタと頬《ほお》をたたかれ、祥明は、うっ、と、顔をひきつらせる。

「その調子だと、本気で捜してないな？」

雅人は祥明の耳もとで、セクシーだがすごみをきかせた声でささやいた。

「本人が帰る気にならないうちは、連れ戻しても……」

雅人はチッと鋭く舌打ちして、右手で祥明の顎《あご》をつかみ、顔を上にむかせた。

「ちゃんと捜せ！　相談にのってやれ！　解決してやれ！　何のための探偵屋だ！」

左手でバン、と、ドアをたたく。

「はい」

探偵屋じゃありません……。

祥明は心の中でつぶやくが、もちろん声にはださない。

「キツネ君の捜索に全力をつくします」

神妙な面持《おもも》ちで、雅人に誓約する。

おそらく今回も、鍵を握るのは月村颯子《つきむらさつこ》だが、葛城《かつらぎ》は連絡をとることができたのだろうか。

「よし」

雅人は鷹揚《おうよう》にうなずくと、祥明の顎から手をはなしてくれた。

それにしても何だって急に、雅人が陰陽屋《おんみようや》にあらわれたのだろうか。瞬太がいなくなったことは知らなかったようだが。

「ところで雅人さん、何かご用ですか？」

「また葛城がいなくなった。携帯も通じない」

「…………」

祥明は無言でドアにもたれかかった。

瞬太《しゅんた》、颯子、そして今度は葛城!?

化《ば》けギツネたち、自由すぎだろう……！

「だがそういう事情なら、葛城のことはいい。おまえはまず、自分の店のアルバイトのことを何とかしてやれ」

「はい」

「店もちゃんとあけろよ」

「はい」

言うだけ言うと、雅人はさっと身をひるがえして、去っていった。

「短い盆休みだったな……」

祥明はため息をつくと、眼鏡をかけ、久しぶりにほうきを握る。

店内を掃きながら、祥明は忙しく計算した。

最終的には、瞬太を捜しだす。

できればその前に、二人の妖狐たちのうちどちらが本物の母親なのかを確定させておきたい。

それには月村颯子の力が必要だ。

しかし瞬太も颯子も行方知れずで、手がかりもない。

とりあえず今やれるのは、陰陽屋をあけて、情報を集めるくらいだ。

そのためには、まずは秀行《ひでゆき》をよぼう。

というわけで、祥明が最初にやったのは、槙原《まきはら》秀行へメールを出すことだった。

二

そんなこんなで、陰陽屋が再開して数日後。

お盆休み期間に入り、東京は旅行や帰省でめっきり人が減ってしまった。

森下通り《もりしたどお》商店街も、半分の店がシャッターをおろして、休みを知らせる紙をはっている。

去年までは陰陽屋も休んでいたのだが、店もちゃんとあけろよ、と、雅人に釘を刺されたばかりなので、今年は休むに休めない。

「おーい、来たぞ、ヨシアキ」

黒いドアをあけながら、大声で祥明をよんだのは槙原《まきはら》である。

よれよれの白いTシャツに、膝がすりきれたジーンズ、左手の白いビニール袋には缶コーヒーが二本といういつもの格好をしている。Tシャツの背中の文字は「一日一善」だ。

柔道教室も夏休みに入ったため、二日に一度、陰陽屋の掃除とお茶くみを手伝っている。

瞬太に比べると、かなりおおざっぱな仕事ぶりだが、祥明ほどはひどくない。

「ほい、缶コーヒー」

「そんな大声をだすな。お客さんがびっくりするだろう」

白い狩衣《かりぎぬ》姿の祥明は、文句を言いながらも、缶コーヒーを受け取る。

「すまん、まさかお客さんがいるとは」

「万一いたらの話だ」

「万一って、今日はお客さん何人来た？」

「ゼロだ」

祥明は堂々と答えた。

二人はしばし無言で見つめ合い、缶コーヒーを口にはこぶ。

「ところでその後、瞬太君の手がかりは何もないのか？」

「そちらもゼロだ」

「そもそも、どうして瞬太君はいなくなったんだ？　まさかおまえ、瞬太君がずっと好きだった女の子に手を出したんじゃないだろうな？」

真剣かつ深刻な表情で槙原が尋ねると、祥明はゴフッとコーヒーをふきだしそうになった。

「そんなことするか！」

「じゃあ瞬太君を応援してあげたのか？」

「なぜおれがそんなことを」

「かわいい彼女の一人もいれば、とびだしたりしなかったんじゃないかと思っただけさ」

「おれが恋路を邪魔してるみたいじゃないか」

「実際そうだろう？」

おそらく生まれてはじめて槙原に言いまかされ、祥明は憮然《ぶぜん》とする。

「まあいいや。まずは階段を掃いてくる」

槙原は空き缶をゴミ箱に捨てると、店の外にでた。

じりじりと焼けつくような真夏の陽射しなどものともせず、槙原がせっせとほうきを動かしていると、階段の上にだしている陰陽屋の看板の前で、若い女性が立ち止まった。

お品書きをチェックしているところを見ると、はじめてのお客さんらしい。

「あの」

槙原が声をかけると、女性は振り向いた。

大きな目とぷるんとした唇が印象的な丸顔の女の子だ。年齢は二十歳《はたち》かそこらだろう。

後ろにリボンがついたボートネックのかわいいTシャツに、植物柄のふんわりしたスカートをはいている。

「いらっしゃいませ」

つい、いつもアルバイトをしているコンビニののりがでてしまう。

「え?」

ほうきをかかえたTシャツ男に突然声をかけられ、女性は驚いたようだった。

「陰陽屋なら、この階段の下ですよ」

「あなたが陰陽師の店長さん……?」

「いや、それはおれじゃなくて……」

「陰陽屋へようこそ、お嬢さん。涼しい店内へどうぞ」

二人の話し声を聞きつけて、祥明がでてきた。

ついさっきまで奥の休憩室でだらだらしていたとは思えぬ、さわやかな笑顔である。

「噂通り、本当に陰陽師さんなんですね！」

女性客の目が急に輝き、声がはずむ。

「噂になっているのですか？」

「はい、すごく頼りになるって聞きました」

「それは光栄です。今日は占いでしょうか？」

「はい。あの、好きな人との相性を占ってもらいたいんです……」

「相性を占うだけでいいんですか？」

「いえ、その、告白すべきかどうか……できれば彼と結婚したいんです！」

やや熱いが、よくある恋愛相談のようだ。

祥明はにっこりと、満面に営業スマイルをうかべた。

「わかりました。奥のテーブル席へどうぞ」

祥明は女性客を案内しながら、槙原に麦茶をはこんでくるよう、目でうながす。

女性客はテーブルをはさんで、祥明のむかいに腰をおろした。もの珍しそうに、薄暗い店内をきょろきょろ見回している。

「お名前は？」

「吉川怜奈《よしかわれいな》、大学三年です」

「それではまず、怜奈さんのご希望通り、相性をみてみましょうか。相手の方の生年月日はわかりますか？」

祥明はいつもの要領で、占いとアドバイスをし、あわよくば恋愛成就の護符を売りつけるつもりでにこやかに尋ねた。

だが相手の男性の生年月日を聞いて、手をとめる。

「この生年に間違いはありませんか？　今年五十七歳ということになりますが」

「そうなんです。実は彼は、あたしの大学の教授なんです」

怜奈が二十歳なので、実に三十七歳差だ。

怜奈の背後で、槇原は驚き、目をむいた。口も半開きになっている。

「本当に素敵な人で、ひと目会った時から、ずっと彼のことばかり考えています。年の差がありすぎるからやめろなんて、言わないでくださいね」

「もちろんそんな無粋《ぶすい》なことは言いませんよ。恋愛に年齢は関係ありません。ところで彼の血液型はわかりますか?」

「ええ、もちろん。彼はAB型です」

「なるほど。牡羊座のOと山羊座のABだと、相性は可もなく不可もなく、といったところですね」

「やっぱりそうですか。自分でも本やネットでみてみたんですけど、あんまりよくないんですよね」

怜奈は悔《くや》しそうに唇をかむ。

「でも、相性がいまいちでも、告白しちゃだめってことはないですよね!?」

怜奈の訴えに祥明は微笑《ほほえ》んだ。

「もちろんです。それでは……そうですね、この恋の行方をタロットで占ってみましょうか。キツネ……」

祥明は瞬太をよびそうになって、口を閉ざす。

「少々お待ちください」

祥明は立ち上がって、自分で棚のタロットカードを取りに行った。

槙原にはまだ、何がどこにあるのか教えていないのだ。

槙原のことだから、教えれば一所懸命覚えようとしてくれるはずだが、いちいち教えるのが面倒臭い。

祥明は席に戻ると、タロットカードをテーブルの上に置いた。

「丁寧に、しっかりシャッフルしてください」

「はい」

怜奈は真剣な面持《おもも》ちで両手でタロットをひろげ、ぐるぐるかき混ぜてカードをひいた。

「ふむ。悪魔のカードですか。これは……」

祥明は口もとで扇《おうぎ》をひろげ、カードを見ながらしばし考えこんだ。

「この占いによると、かなり障害の大きい恋のようですね。相手は妻子のある人でしょうか？」

「えっ、カードでそこまでわかるんですか⁉」

怜奈は驚いて、大きく目を見開いた。

「相手の男性はよく言えば優しい人ですが、悪く言えば事なかれ主義ですから、トラブルを好みません」

「そう言われれば……」

「悪いことは言いません。やめた方がいいでしょう。彼は恐妻家です。嘘だと思ったら、一億円と奥さん、どちらをとるかきいてみてください。たとえ十億つまれても離婚はできないと、悲しそうな顔で答えるはずです」

「えっ⁉」

怜奈の顔は蒼ざめ、呆然とした。

「あの……タロット以外の占いもお願いできますか？」

「わかりました。では手相を見てみましょう」

「お願いします！」

怜奈がさしだしたてのひらを見て、祥明は、やはり、とうなずく。

「この結婚線だと、怜奈さんが結婚相手と出会うのは二十二、三歳で、結婚するのは二十五歳くらいです。運命の男性は、別にいますね」

祥明が言い切ると、怜奈はさっと手をひっこめた。

「そんなはずないわ……。教授があたしの運命の人よ。他の人なんて好きになるわけない……！」

怜奈は今にも泣きだしそうに顔をゆがめる。

槙原がお盆をだきしめ、おろおろしていると、祥明は「絶対に口をだすな」と視線で止めた。

「わかったわ、あたしに片想いをあきらめさせるために、口からでまかせを言ってるのね!? 何だかんだ言って、結局あなたも、年の差がゆるせないんでしょ？ もういいわ！ 帰ります！」

怜奈は怒りをあらわにして怒鳴ると、荒々しい足音をたてて、階段をかけあがっていった。

もちろん占いの代金は払っていない。

「やれやれ」

祥明は左手でテーブルに頬杖をつき、足を組む。

「すごい剣幕だったな」

麦茶のグラスを片付けながら、槙原はあきれ顔で言った。

「あれであきらめる気になってくれればいいが、人の話を聞く耳は持たない風だったし、無理かな」

「ヨシアキ、おまえ本当に、彼女をあきらめさせるために口からでまかせを言ったのか?」

「いや」

祥明は肩をすくめる。

「じゃあ本当にタロット占いで、相手の男のことがあそこまで詳しくわかったのか?」

槙原の問いに、祥明は舌打ちする。

「おまえはわからなかったのか。あのお嬢さんが好きな、妻子持ちで事なかれ主義の大学教授はおれの父だ。誕生日だけでなく血液型まで一致していたから間違いない」

「ええええっ、憲顕《のりあき》おじさん!?」

槙原は仰天《ぎょうてん》して、大声をあげたのであった。

三

その夜、祥明は念のため、父の憲顕に連絡をとった。

親のプライベートに口をだすのもどうかと迷ったが、念のため、釘を刺しておくことにしたのだ。

パワフルな女子大生の猪突猛進《ちょとつもうしん》に父が負けないとも限らない。

その時、ひどい目にあわされるのは、結局、怜奈の方なのだ。

かつて祥明の彼女たちが、母の優貴子《ゆきこ》からうけた様々な嫌がらせを思い出すだけで、気が遠くなる。

チョコレートケーキに入っていたゴキブリは最悪だった。よく見たらおもちゃだったが、よく見ないとわからないくらい、精巧にできていたのだ。

陰陽屋で女性たちの相談を毎日聞いていると、どうやら世の母親たちの九割は、息子の妻や恋人を快く思っておらず、嫌がらせをすることも珍しくないようだ。

もっとも、息子の妻の側からすれば、どんなに優しい姑《しゅうと》でも、目の上のたんこぶらしいので、お互いさまだが。

しかし優貴子は、いくらなんでもひどすぎである。

あんな風に陰陽屋からでていった怜奈だが、一応、お客さんだし、放っておくわけにはいかない。

「ヨシアキか？　久しぶりだね」

憲顕はすぐに携帯電話にでた。

嵐が迫っているとも知らず、のんびりした声である。

「お母さんのいないところで話をしたいのですが、大学の近くで会えますか？」

「それならうちに来ればいい。優貴子は今、軽井沢《かるいざわ》に行ってるから、はちあわせる心配もないよ。お義父《とう》さんとお義母《かあ》さんも喜ばれるだろう」

お義父さんというのは、祖父の柊一郎《しゅういちろう》のことだ。

「お母さん一人で軽井沢まで行くなんて、珍しいですね」

母はたいてい、旅行には、荷物持ち要員の父を同伴するのだが、今回は違うらしい。

「一人じゃないよ。ヨシアキも知っている、月村颯子さんと一緒だ」

「えっ⁉」

灯台もと暗し……！

そうだ、母と月村颯子は旅友達だった！

そんな重要なことを忘れているなんて、自分としたことがなんとうかつな。

いや、原因はわかっている。

なるべく母の存在を思い出したくないから、無意識のうちに、その可能性を封印していたのだろう。

だがそんなことを言っている場合ではない。

「月村さんに至急連絡をとりたいんですが。できればお母さんに邪魔されずに」

「ヨシアキの気持ちはわかるが、二人は同じ別荘に泊まってるから、優貴子に内緒で月村さんと連絡をとるのは難しいね。軽井沢から帰ってくるまで待つしかないと思うよ」

「いつ頃帰ってくる予定ですか？」

「たぶん九月頭かな。ヨシアキが月村さんに会いたがっていると聞けば、優貴子は明日にでも、月村さんを連れて帰ってくるだろうけど」

「九月……」

とても待てない。

二学期がはじまるし、雅人さんは短気だし、何より、自分が困る。

「わかりました。自分で軽井沢に行きます……」

祥明は地を這うような低い声で言った。

なんとか母をかわして、颯子にだけ会えるといいのだが。

「ところでヨシアキ、私に話があるんだったね。うちに来るのか？　それとも」

「お父さんのことは、もう、どうでもいいです」

母が軽井沢にいるのなら、当面、吉川怜奈に害を及ぼすことはないだろう。

「そうか……」

祥明が言い放つと、父は少し寂しそうな気配をただよわせたが、フォローしてやる心の余裕はなかった。

四

翌日はちょうど陰陽屋の定休日である日曜日だったので、祥明は上野《うえの》駅から新幹線に乗り、軽井沢にむかった。

お盆休み中でしかも日曜日とあって、新幹線は満席である。

母の優貴子に会うかもしれない、いや、おそらく会うに違いないと予想すると、憂《ゆう》鬱《うつ》なことこの上ないが、月村颯子に会うには軽井沢へ行くしかないのだ。

午後三時すぎ。

毎夏、優貴子が借りている別荘のドアの前に立ち、深々とため息をつくと、意を決してチャイムをならした。

「いらっしゃい」

ドアをあけてくれたのは、颯子だった。

化けギツネの中の化けギツネ、月村颯子。

佳流穂《かるほ》の母にして、呉羽《くれは》の伯母《おば》。

いつ見ても西洋の魔女のような顔をしている。

何百年も生きているという話も、颯子なら本当かもしれないと思わせる、不思議な雰囲気の持ち主だ。

「あら、祥明さんじゃない。こんにちは」

「あの……母は？」

インターフォンで祥明の顔を見た瞬間、玄関にとびだしてくると予想していた優貴子の姿がない。

「今朝早く、憲顕さんが車で迎えにいらして、東京に帰ったわよ。何かあったみたいね」

「そうですか」

祥明は気がぬけて、へたりこみそうになる。

おそらく父が、祥明が顔を合わせないですむように、母を迎えにきてくれたのだ。

祥明は久しぶりに、いや、おそらく生まれてはじめて、心の底から父に感謝した。

どうでもいいなんて言ってしまい、悪いことをしたな、と、心の中で反省する。

「あなたも優貴子さんに用事？」

「いえ、違います。今日は颯子さんにお話があってうかがいました」

「あら、あたしに？」

颯子は少し驚いたようだったが、祥明を別荘に招き入れた。

「コーヒーはいかが？」

「ありがとうございます、いただきます」

颯子のいれてくれたコーヒーを、祥明は恐縮しながら口にはこんだ。香りもこくも強く、目のさめる味だ。

「それで、瞬太君に何があったの？」

祥明が一人で訪ねてきたということは、瞬太に何かあったのだ、と、お見通しのようである。

「七月に呉羽さんが陰陽屋にあらわれました。ですが……」

祥明がことの顚末《てんまつ》を説明すると、颯子は微妙な形に眉をゆがめた。

「佳流穂が子供を産んだなんて話は聞いたことがないわね。もっとも、それを言うなら呉羽もだけど。どっちが嘘をついているか、目を見ればわかるわ。東京に戻るから、二人をよびだして」

颯子はあっという間に荷造りをし、タクシーに乗り込んだ。さすが旅慣れている。

「ところで葛城さんが、颯子さんと連絡がつかないと言っていたのですが」

「ああ、先月、携帯を水没させちゃったのよ」

「は!?」

「ポチャンってね。今年に入って二台目よ。携帯ってひ弱よね」

「……今すぐ携帯ショップに行ってください！」

祥明の懇願に、颯子はケラケラと笑ったのであった。

五

その夜。

定休日の陰陽屋によびだされた呉羽と佳流穂は、颯子を前にして緊張ぎみだった。

呉羽にとっては伯母、佳流穂にとっては母にあたる颯子だが、和気あいあいという言葉からはほど遠い。

そもそも、テーブル席の椅子に腰をおろし、脚を組んでいる颯子に対し、二人は立たされたままである。

祥明もなんとなく腰をおろしづらくて、なるべく気配を消して店の隅に立ち、三人を見守るしかない。

「事情はすべて聞きましたよ。で、嘘をついたのはどっち?」

颯子の目は怒気をはらみ、金色にらんらんと輝いている。瞳孔は細い縦長だ。

十秒ほどの沈黙の末、悔《くや》しそうに目をふせたのは、佳流穂であった。

「あなたね、佳流穂?」

佳流穂は無言で、小さくうなずいた。

「なぜ呉羽と息子の再会を邪魔するようなことをしたの？」

穏やかだが、冷ややかな声で尋ねる。

「……呉羽が、今さらのこのこでてきて、息子と幸せに暮らそうとするのがゆるせないのです。母親面《づら》する資格なんてありませんのに」

佳流穂はぎゅっと両手をにぎりしめ、呉羽を告発した。

「そんな……！」

呉羽は佳流穂に反論しようとするが、颯子の鋭い一瞥《いちべつ》に口を閉ざした。

「呉羽が燐太郎《りんたろう》の忘れ形見を産んだだけでもゆるせないのに、その大事な子を、人間の夫婦に育てさせたんですよ!?　無責任きわまりないとはこのことです。その点、あたしは上海亭や飛鳥《あすか》高校の食堂に潜入して、ずっと瞬太を見守ってきました。いつもあの子は、あたしのつくったラーメンを、すごく美味《おい》しそうに、残さず食べてくれます。でも呉羽は、一度もご飯をつくってあげたことがありません。そんな人が母親だなんて聞いてあきれます。あたしの方が真の母親にふさわしいに決まってます」

佳流穂は自分がいかに深く瞬太を愛し、見守ってきたかを、熱く颯子に訴えた。

「佳流穂、あなたが産んだ子でもないのに、どうしてそんなに瞬太に執着するの？」

呉羽の問いに、佳流穂はさっと顔をこわばらせた。

それは聞いちゃだめだろう。

この察しの悪さは、さすが瞬太の母親である。

祥明は心の中でため息をつき、思わず顔の前で扇をひろげた。

「あたしは子供の頃からずっと、燐太郎が好きだったのよ！」

「えっ……ええっ!?」

佳流穂の告白に、呉羽は目を見開き、口をぱくぱくさせる。

いやこの話の流れで、それ以外の答えはないだろう、と、祥明は心の中でつっこんだ。

颯子は気づいていたのか、いなかったのか、ずっと苦虫《にがむし》をかみつぶしたような顔をしている。

「だって、そんなこと全然……」

「気がついてなかったのは、あなたと燐太郎だけよ！　なのにあなたが横からでてきて、燐太郎をかっさらっていった時は、はらわたが煮えくり返るほど悔しかったわ」

「ごめんなさい……気がつかなくて……」

憎しみのこもった眼差《まなざ》しをぶつけられ、呉羽は蒼ざめた。

今にも泣きだしそうな顔をしている。

祥明はうんざりして、何度目かのため息を心の中でついた。

この化けギツネたち、いったい何歳だか知らないが、いいかげん落ち着いてほしい。

とばっちりをくらった瞬太が、さすがに気の毒になってきた。

妖狐《ようこ》はほれっぽいとは聞いていたが、この調子だと、年中恋愛トラブルをおこしているに違いない。

「百歩譲って、燐太郎があなたを選んだのは仕方ないわ。でも、大事なあの子を手放したのだけは許せない」

「あたしだって、あの子を自分で育てたかったわ。でも、恒晴《つねはる》さんにあの子を奪われないためには、仕方なかったの。颯子さまに相談しようにも、旅にでておられて、連絡がとれなかったし」

呉羽の言い訳に、祥明は、やっぱり、と、声にだしそうになった。

颯子がぷらっと旅にでてしまうのは、今も昔も困りものである。

だがとにかく、問題のうち一つは解決した。

瞬太の生みの母親は呉羽だ。

「恒晴……」

それまで黙って娘と姪《めい》のやりとりを聞いていた颯子が、ようやく口を開いた。

六

「思い出したわ。そう、呉羽、あなたからもらった結婚連絡のはがき、相手は高輪《たかなわ》恒晴だったわね？」

「はい。結婚が決まった時、もうお腹が目立ちはじめていたので、お式は出産後あらためて、というつもりでした。その時に颯子さまにもお目にかかって、きちんとご報告するつもりだったのですが、結局、お式はあげずじまいになってしまったので」

呉羽の説明に、颯子は魔女のような眉の根をきゅっとよせ、しかめっ面《つら》で考え込んだ。

「そうそう、燐太郎が死んですぐに、恒晴と結婚したんだったわね。信じられないわ」

佳流穂は追及の手をゆるめない。

「赤ちゃんには父親が必要だって、恒晴さんに言われて……」

「でも出産後、すぐに別れたのよね？　しかも赤ちゃんは人間の夫婦に押しつけて」

「あなたには無責任に見えたかもしれないけど、あたしなりに一所懸命考えて、あの子の居所を恒晴さんに知られないために、決して王子……いえ、それどころか、北区には近づかないようにしてきたのよ。あの子のことを忘れたことは一日もなかったわ」

「言い訳にしか聞こえませんわ」

けんもほろろである。

「すみません、佳流穂さん。質問してもかまいませんか？」

「いいわよ」

祥明の問いに、佳流穂はうなずいた。

「佳流穂さんは上海亭や飛鳥高校の食堂で働きながら、瞬太君のことを見守ってきたんですよね？　そもそもどうして、彼が王子にいることを知ったんですか？」

「簡単よ。単純な呉羽のことだから、どうせ妖狐にとって一番居心地のいい王子か伏《ふし》見《み》に子供を隠したに違いないと思ったの。案の定だったわ」

「う」

単純と断定されて、呉羽は恥ずかしそうな顔をした。

瞬太が単純なのも母親譲りのようだ。

「王子と伏見の二択だったんですけど、あたしは女の勘で王子にしました」

「なるほど、女の勘が見事に的中したというわけですか」

「ええ」

佳流穂が当然という顔でうなずくと、呉羽はますますがっくりとうなだれた。

「それで、瞬太君はまだ帰ってこないの？」

颯子に尋ねられ、祥明は首を横にふった。

「まだです」

「行き先は全然わからないの？」

「遠くへ行けるほどの金は持っていないので、近場にいるはずなのですが……」

「少なくとも、このあたりにはいないわ」

佳流穂が断言した。

「なぜですか？」

「あの子が半径一キロ以内にいたら、ニオイでわかるもの。あたし、一族の中でも特に嗅覚が優秀なの。このまえ呉羽がはじめてこの店に来た時にも、ニオイでわかったわ」

佳流穂はにっこりと笑う。

さすがは化けギツネだ。

「よくそれで調理師がつとまりますね。瞬太君なんかタマネギが切れないって困ってましたよ」

「あたしは子供の頃から、必要に応じて自分の能力をコントロールする訓練をうけてるから、仕事中は嗅覚をほとんど切っているのよ。それに今はシリコン製の鼻栓もあるし」

シリコン製の鼻栓と高級マスクを併用すれば、たいていのニオイはブロックできるのだという。

「あたしが瞬太をひきとれば、今からでも、コントロールの仕方を教えてあげられるわ」

佳流穂は胸をはる。

たしかに瞬太に必要な訓練かもしれない。

だが、まずは現在の居場所だ。

「では瞬太君は遠方にいるかもしれないと？」

「交通費くらい誰かに借りたんじゃないかしら」

「ふむ」

少なくとも、槙原と祖父の柊一郎は瞬太からは何も連絡をもらっていないと言っていた。

あとは誰だろう。

アジアンバーガーの店員？

豆腐屋の息子？

谷中《やなか》の呉服店のおかみさん？

まさか陰陽屋の客を片っ端からあたらないといけないのか？

多すぎる心当たりに、祥明はうんざりした様子でため息をついた。

どうせなら佳流穂が東京じゅうを探査できるくらいの嗅覚をもっていれば良かったのに。一キロは中途半端すぎる。

「ところで呉羽さんが言っていた、瞬太君はそろそろ成長が止まる時期だから、もう人間と暮らすのは難しいという件ですが」

佳流穂は肩をすくめ、うなずいた。

「それだけは本当よ。女の子だったらお化粧で大人っぽく見せることもできるんだけど、男の子は難しいわ。あの子は今の段階ですでに同級生たちにくらべると幼いでしょう？」

「そろそろ妖狐である自覚をもつべきね。嗅覚や聴覚をコントロールする訓練も、今からでは遅すぎるくらいだけど、やらないよりはやった方がいい」

「人間たちにあやしまれないうちに、王子をはなれた方がいいと思うの」

三人の妖狐たちは珍しく意見が一致した。

各自瞬太を見つけたら、必ずお互いに報告しあうこと、と、約束して、三人は帰っていった。

しかしあやしいものである。

特に颯子は、何を考えているのか、思考も行動もさっぱり読めない。

そしてお騒がせ佳流穂の言うことも、どこまで信用できるのか、あやしさ満点だ。

だが、タイムリミットが迫る今は、とにかく瞬太を捜すことが最優先である。

八月三十一日まで、あと半月しかないのだ。

七

お盆休みが終わると、槙原の手伝いも週一回に戻ってしまった。

東京はあいかわらず猛暑が続いている。

今度は秋休みにはいりたいところだが、雅人の耳に入ったら烈火のごとく怒るだろうから、そうもいかない。

「まったくあの馬鹿ギツネはどこをほっつき歩いてるんだか」

祥明が一人で、店内の本や式盤《ちょくばん》にだらだらはたきをかけていると、二人分の靴音が階段をおりてきた。

休憩室まではたきをしまいに行くのが面倒臭かったので、本棚の上に隠す。

瞬太だったら黄色い提灯《ちょうちん》を手に入り口までかけつけて、ドアをあけるところだが、そこも省略だ。

「あの……」

黒いドアを半分ほどあけて、すきまから顔をだしたのは、大学教授に片想い中の女子大生だった。名前はたしか怜奈だ。

「いらっしゃいませ、怜奈さん」

「このまえは、どうも」

前回の威勢はどこへやら、すっかりおとなしくなっている。何かあったらしい。

「再びのおはこびありがとうございます」

「陰陽師さんの占いの通りでした。教授は、十億つまれても離婚はできない、って、悲しそうに笑ってました」

「そうでしたか」

祥明は気の毒そうにうなずいた。

父が離婚できない真の理由を知っているからだ。

父は安倍《あべ》家の大量の蔵書を、心の底から愛しているのである。

だがこれで、怜奈は母の魔の手にかからずにすむ。

そのことを思えば、むしろ、おめでとうと言いたいくらいである。

「口からでまかせなんて言ってすみませんでした。お詫びもかねて、今日は姉を連れてきました」

「あの……こんにちは。姉の優里《ゆり》です」

もう一人、彼女の斜め後ろに立っている、長い髪の、おとなしそうな女性が祥明に頭をさげた。

年齢は二十代後半くらいだろうか。陰陽屋の薄暗い店内を見回して、不安げな顔をしている。

妹とはかなり性格が違うようだ。

「いらっしゃいませ。優里さんも占いですか？」

「あ、はい……」

「ではどうぞ中へおはいりください」

祥明は二人を店の奥のテーブル席に案内した。

この際、麦茶も省略することにする。

「それで、何を占いましょう？　結婚のこと、仕事のことから運勢全般まで、いろいろ占えますが」

「仕事のことを……」

優里はうつむき加減で、小声で答えた。

膝の上に置いた右手は、ハンカチを強く握りしめている。

どうも気軽に占いを楽しみに来たという雰囲気ではない。

「新しい仕事をはじめるご予定でもおありですか？」

「それも……選択肢のひとつです……」

どうも歯切れが悪い。

会社を辞めたいが決心がつかないので、占いに頼ることにしたのだろうか。

「わかりました。ではこちらの、古代中国より伝わる式盤という道具を使い、占ってみましょう」

蠟燭《ろうそく》のあかりがゆらめく下、祥明はもったいをつけて式盤をまわす。

「かなりの困難をともないますが、可能性はありますね。困難にたちむかうか、やめておくかはあなた次第です」

「そうですか……」

「なぜ迷っておられるのですか？」

「親が大反対なんです。専門学校には週に一回だけのコースや、夜間のコースもあって、仕事とは両立できるって言ったんですけど、ちっとも賛成してくれなくて」

「自分で学費を払えるのなら、何の問題もないでしょう」

「才能ないかもしれないし……」

一体何の職業につこうとしているのだろう。才能が必要で、親が反対する職業というと、音楽か、演劇か、それとも漫画家か？

だがこの際、何になりたいかは重要ではない。なぜためらっているか、だ。

「才能があるかどうか、むいているかどうか、それは入学したらおのずとわかることではありませんか？　才能がないことがはっきりするのが怖かったら、入学しないことですね」

「えっ……」

姉は絶句した。

そんな厳しいことを言われるとは思ってもいなかったのだろう。

「あなたの最大の敵は、自分の中の恐怖心です。挫折してボロボロになる覚悟がないのならやめておいた方がいいでしょう」

「大丈夫です！　姉は自分の覚悟を示すために、清水寺《きよみずでら》の舞台から飛び降りた女ですから」

「やめてよ、怜奈」

姉は顔を赤らめて、左手で妹の口をふさごうとした。

どうも冗談ではないらしい。

「それは、比喩ではなく、まさか本当に清水寺の舞台から飛び降りたんですか？」

「ええ、まあ……そう、です……」

恥ずかしそうに姉はうなずく。

今度は祥明が絶句する番だった。

迷惑行為だし、覚悟の方向が大間違いだ。

いや、だが、それくらいのことは本人もわかっているだろう。

それでも飛び降りを決行してしまうくらい、せっぱつまった状況にあるということか。

ストレスを解放しないと、危険かもしれない。

「……よく無事でしたね。亡くなった人も大勢いると聞きましたが」

「残念というか、幸運というか、飛び降りかけたところを助けられて無事でした」

「そこまでの勇気と覚悟がおありなら、迷う必要はありません。自分の決めた道をすすんでください。大丈夫です、ご両親は今は反対しても、いつの日か必ずわかってくれます」

たいていの親は、清水の舞台から飛び降りられるよりは転職の方がましだとあきらめてくれるはずだ。

「もしあなたのチャレンジが実を結ばなかったとしても、この経験が必ず将来役に立つ時がきますよ」

祥明は笑顔で力強く励ました。

逆に、それでも転職に反対するような親だったら、迷わず縁を切るべきだろう。

「ありがとうございます。最初に陰陽屋さんをすすめられた時は、全然信じる気になれなかったんですけど、妹からもすすめられて、来てみてよかったです」

ようやく優里は、ほっとしたような笑みをうかべた。

「妹さんの他にも当店をご存じの方が？」

「清水寺であたしを助けてくれた男の子なんですけど、この子がまた、いかにも頼りにならない感じだったから半信半疑で。悪いことをしたかも……」

「ほう」

京都といえば山科春記《やましなはるき》しか思い浮かばないがもう四十歳前後だ。実際の年齢よりは若く見えるが、さすがに男の子と形容するのは無理がある。

「高校生だって言ってました」

「そうですか。京都で男子高校生が」

誰だろう。

京都の男子高校生が陰陽屋を知っているはずはないので、飛鳥高校の男子生徒が京都に行ったに違いない。

面倒見のいいメガネ少年あたりなら、旅先でも人助けをしていそうだが、京都にある大学のオープンキャンパスにでも行ったのだろうか。

「またいつでもどうぞ」

占いの料金に加え、大願成就の護符を買ってくれた姉と、学業成就の護符を買ってくれた妹を、祥明は笑顔で見送ったのであった。

第四話

西へ

一

八月も中旬に入り、京都は一段と蒸し暑くなってきた。

瞬太《しゅんた》の観光地めぐりは、三日坊主ならぬ四日坊主で終わり、またも毎日冷房のきいた部屋でごろごろする生活に戻っている。

ご飯時に食堂に顔をだすと、宣直《のぶなお》に観光をすすめられたり、東京で何があったのか春記に問い詰められたりするのがわかっているので、なるべく山科《やましな》家の人とは顔を合わせないように、夜中や早朝、はたまた昼すぎに、こっそり食べるようにしている。

「今夜もぶぶ漬けにしますか？」

「うん、お願い」

「わかりました」

のり子は余計な詮索を一切してこないので、瞬太としては一番気が楽だ。

「宣直さんって、どうしてあんなに京都観光をすすめるんだろう。東京からお客さんがきたら、いつもあんな感じなの？」

「いえ、瞬太さんだけです」

ご飯を丼によそいながら、のり子は簡潔に答える。

「えっ、そうなの？　どうしておれにだけ？」

「わかりません」

「おれが京都を全然知らないから、教えなきゃって思うのかなぁ」

瞬太はダイニングテーブルに頬杖をついてぼやく。

「今夜はナスの煮浸しのぶぶ漬けにしてみました」

「へぇ、冷たいお茶漬けだ！　すごく美味《おい》しいね」

「ありがとうございます」

のり子は夜食に、毎日違うぶぶ漬けをだしてくれる。

ここのところずっと山科家でごろごろしている瞬太にとって、のり子がつくってくれる食事だけが唯一最大の楽しみだ。

「今度つくり方を教えてくれる？　父さんにも……」

「お父さまですか？」

「うん、いや、何でもない」

また吾郎《ごろう》のご飯を食べられる日はくるのだろうか。

この先のことをそろそろ決めないと、と、思ってはいるのだが、何をどうすればいいのかさっぱりわからない。

家に帰りたいなぁ。

母さんはあれこれ瑠海《るみ》ちゃんの世話をやくのに、忙しくしていることだろう。

父さんは今年もガンプラ選手権に出品するのかな。

ジロはどうしているだろう。

陰陽屋《おんみようや》は槙原《まきはら》さんが手伝っているのだろうか。

プリンのばあちゃんのプリン・ア・ラ・モードをもう一度食べたい。

委員長たちは受験勉強で大変そうだ。

それから、いつも髪からいい匂いがする三井《みつい》。かわいくて、優しくて、努力家で、意外と気の強いところもあって……。

こういうのをホームシックというのだろうか。

なにげない、いつもの日常が恋しくて仕方ない。

それに、このまま山科家に居候《いそうろう》し続けたら、いずれは学会で発表され、見せ物にされてしまうのではないだろうか。

だが東京に帰ろうにも、新幹線に乗る交通費がないのだ。

とりあえず、得意の掃除でもしてアルバイト代を稼ごう、と、思いついた。

「のり子さん、こんなに広い家を一人で掃除するの大変だろ？　おれも手伝うよ！」

だが有能すぎる家政婦は、瞬太を冷ややかに一瞥《いちべつ》する。

「仕事の邪魔です」

「あ……そう……」

瞬太はしょんぼりと肩をおとした。

「瞬太君、今日は暇なんですか？」

急に背後から声をかけられ、瞬太はぎょっとして振り返った。

恰幅《かっぷく》のよい老紳士が、小さな目をきらきらさせて立っている。

「おじさん、今日もゴルフじゃなかったの？」

「一緒にコースをまわっていた友人が、ぎっくり腰になってしまいましてね。途中できりあげて帰ってきたんですよ」

なんでも格好良くボールを拾おうとして、さっと前屈した瞬間、ギクッときてしまったそうだ。

「それより、私とどこかでかけませんか？」

「えっ、お寺や神社はもう飽き、じゃなくて、十分なんだけど……。太秦《うずまさ》の映画村も行ったよ」

「大丈夫、京都にはお城もあるんですよ。何百年も前に築かれた本物のお城です。東京にはお城なんてないでしょう？」

「そ、そうだっけ？」

「暇ですよね？　お掃除の手伝いも断られましたよね？」

聞かれていたのか……。

瞬太は観念して、二条城《にじょうじょう》へ連行されることにした。


二条城は、大河ドラマにでてくるような立派なお城だった。

宣直によると、十七世紀はじめに築かれ、徳川家康《とくがわいえやす》と豊臣秀頼《とよとみひでより》の会見や、徳川慶喜《よしのぶ》による大政奉還という、歴史的に重要なできごとの舞台にもなった城だという。

「徳川家康が生きていた頃のお城が今でも残ってるっていうのがすごいでしょう？

大きさでは大阪城に一歩譲りますけど、あちらの天守閣は鉄筋コンクリートで再建した昭和のお城ですからね」

宣直が言っていることの半分くらいしか瞬太には理解できないが、とにかく、由緒正しいお城だということはわかった。

「あの二の丸御殿にはね、大政奉還がおこなわれた広間があるんですよ。襖《ふすま》の絵も素晴らしいんですけど……」

そして当然ながら、観光客で混雑している。

「夕方になれば団体さんがいなくなるから、先にお庭を拝見しましょうか。お茶とお菓子もいただけます」

「行く！」

お菓子という言葉につられて、瞬太は宣直とお茶室に入った。

お茶室というと、人が三、四人しか座れない狭苦しい建物を想像するが、ここはその十倍の人数が入れそうな広間である。さすがはお城だ。

障子《しょうじ》が取り払われているため、すばらしい庭園の眺めを楽しみながら、抹茶と和菓子をいただくことができる。

こんな素敵なお茶室だが、瞬太と宣直の他には、女性の二人連れしかいない。好きな場所に座っていいと言われたので、瞬太と宣直は、庭園に面した場所に並んで座った。

「見事なお庭でしょう？」

「うん。お庭もきれいだし、お菓子も美味しいよ。でも」

「でも？」

「暑いね……」

「そうですねぇ」

宣直はポケットからリネンのハンカチをとりだして、額をおさえた。

ふくよかな人の常《つね》として、暑がりのようである。

その上、二人は庭に面した、廊下のような縁側のような場所にすわったため、昼下がりの直射日光が額を直撃しているのだ。

もちろん冷房はない。

そもそも庭と茶室の間には、窓ガラス一枚の仕切りすらないのだ。

風がはいってくれば気持ちよいのだろうが、今日はそよとも吹いていない。

まさに江戸時代である。

女性二人連れも、お茶をいただくと、さっさとでていってしまった。

「瞬太君……」

宣直はハンカチをひらいたりたたんだりしながら、ちらちら瞬太を見た。

「聞きたいことがあるんだけど」

「え……？」

何だろう。

妖怪博士の父に対して、瞬太は思わず身構えた。

自慢ではないが、聞かれたくないことだらけなのである。

「あのね、私の手、見てくれます？」

「へ？」

「ここ、ここなんですけど」

宣直は丸っこい右手のてのひらを瞬太に見せた。

「この親指のつけ根に、先月、新しいほくろができたんですよ」

宣直は左手のひとさし指で、右のてのひらを指さした。

たしかに親指のつけ根のふっくらとした盛り上がりに、小さなほくろがある。

「てのひらのほくろって、何となく良さそうな感じがするでしょう？　星をつかむ者、みたいな。それでね、早速、本で調べてみたんですよ。そうしたら……」

宣直はぎゅっと右手を握りしめた。

つぶらな瞳で、瞬太の目をのぞきこむ。

「この場所のほくろはね、身内に裏切られるっていう意味だったんです……」

宣直は低くかすれる声で言った。

「う……らぎり……？」

瞬太は、ごくり、と、つばをのむ。

親指のつけ根のほくろって何だったたっけ⁉

瞬太はあわてて、記憶の地層を掘り返した。

高校の文化祭の模擬店で手相占いのコーナーをだすことになり、高坂《こうさか》たちと一緒に、祥明《しょうめい》の特訓をうけたことがあるのだ。

もちろん瞬太は覚えることができなかったのだが、たしかに、てのひらのほくろは、いい意味ばかりではなかった気がする。

「でも、身内の裏切りって……誰か裏切りそうな人がいるの？」

瞬太の問いに、宣直は小さくうなずいた。

「最近、蜜子《みつこ》さんがひどく熱心にエステに通っているんです……」

たしかに、蜜子は週に五回はエステに通っている気がする。

エステに行っていない日は、ネイルサロンか美容院に行っているのだ。

「すごいよね、蜜子さんの美容にかける熱意。でもそれがどうして裏切りなの？」

「蜜子さんは浮気してるんですよ！」

「えっ!?」

宣直の爆弾発言に、瞬太はぎょっとした。

二

なーんちゃって、冗談ですよ、と、続くのを、瞬太は期待していたのだが、宣直の表情は真剣そのものである。

「だからあんなに必死に、エステに通いまくってるんです！」

「う、うーん……？」

「まさかこの年になって、こんなつらい目にあうなんて……。自分の運命を嘆《なげ》くばかりです。瞬太君、ヨシアキ君の占いのお店を手伝ってるんですよね!?　私はどうしたらいいのか、教えてください！」

宣直は両手で瞬太の肩をがしっとつかんだ。

いつもキラキラしている小さな目が、血走っている。

怖い。

「えーと……」

瞬太の額からも、汗がだらだらと流れ落ちる。

どうすればいいって聞かれても……どうすればいいんだろう。

厄除《やくよ》けじゃなくて、お祓《はら》いじゃなくて、恋愛成就の護符、祈禱《きとう》？

いや、全部違う気がする。

「しょ、祥明に聞いた方がいいよ。あっ、祥明って、ヨシアキのことだけど。おれはただのアルバイトだし」

ここは祥明に丸投げして逃げよう。それしかない。

「だめですよ、ヨシアキ君は蜜子さんの親戚なんですから、蜜子さんの都合の良いように、解釈をねじ曲げるかもしれません」

「あっ」

たしかに祥明の占いが常に正直とは限らない。

さすが親戚、よく知っている。

「じゃあ春記《はるき》さんは？　春記さんも占い詳しいみたいだし」

「春記さんは蜜子さんの息子ですよ」

「そうだったね」

万事休すである。

「待って、一分待って。手相占いのことを思いだすから」

瞬太はTシャツの袖《そで》で、額の汗をぬぐった。

「わかりました、一分ですね」

宣直はきちっと正座し、つぶらな瞳でじっと瞬太を凝視する。

瞬太はもう一度、記憶の地層をひっくり返した。

陰陽屋には手相占いの女性客が頻繁《ひんぱん》に来る。

悪い結果がでた時、祥明は何と言ってフォローしていた？　祥明だったら、お客さんが何を言ってもらいたがっているかを察して、励ますはずだ。

まかり間違っても、七十すぎた男が奥さんの浮気で動揺するな、なんて、みもふたもないことは言わない。

前向きに、前向きに。

「おじさん、手相は変化するんだよ。そのほくろだって、最近できたんだろ？　しわだって、できたり消えたりするんだよ」

これはいつも祥明が言っていること、そのままだ。

「そうなんですか？」

「うん。だから、裏切られる運命だなんて思い込まない方がいいよ。このままだと、よくないことがおこるかもしれないっていう、警告くらいのつもりで受け止めたらいいんじゃないかな」

「警告……？」

「そもそも、蜜子さんが浮気するかもしれないって、どうして思うの？　理由はエステ通いだけ？」

とりあえず、何か思い浮かぶまでの時間稼ぎも兼ねて、詳しく聞いてみることにした。

山科家の家庭の事情に立ち入るのは気がひけるが、そもそも、宣直が瞬太に話を聞いてほしくて、相談しているのだ。

「……蜜子さんは……」

宣直は庭園にむかってつぶやいた。

「今もきれいで、頭もよくて、社交的で、友だちもたくさんいるけど、私は違います……。昔は父から譲ってもらった会社と財産がありましたが、今は、下手くそなゴルフしかやることがない、さえない年寄りになってしまいました……」

「…………」

瞬太は答えに困って、目を泳がせた。

そう言われると、浮気をされても仕方がない気がしてきたのである。

だめだ、ここは何とか励まさないと。

瞬太は自分に気合いを入れ直した。

「でも、おじさんは歴史にも詳しいし、すごく親切で優しいよね！　今日だってこうしてお城を案内してくれてるし」

瞬太は精一杯、宣直をほめたつもりである。

しかし宣直は、小さな目を伏せて、やさぐれた笑みをうかべただけだった。

「別に親切なわけではありません。瞬太君に相談にのってもらいたかっただけです。家ではこんな話できませんから」

「そ、そうなんだ」

京都観光をいやに熱心にすすめてくると思ったら、外でこの話をしたかっただけなのか。

でもそれだけ、宣直は悩んでいるということだろう。

三

「あのさ、おじさん、そもそもどうしておじさんは蜜子さんと結婚したいと思ったの？」

「蜜子さんは、私が持っていないものをすべて持っていたんですよ。美人で、頭が良くて、たまに意地悪だけど、なぜか憎めないチャーミングな性格で、男性にも女性にも、大変な人気でした」

今もすごく華やかな人だし、なんとなく想像はつく。

きっと今の祥明のような、もしかしたらそれ以上のもてっぷりだったのだろう。

「蜜子さんは長女だから、本当は、柊一郎さんと結婚して、安倍家をつぐことになっていました。でも私にとって幸運なことに、蜜子さん自身は学問に興味がなくて、学者の妻になるのを嫌がっていたんです。安倍家の先代、つまり、蜜子さんの父親が、収入をすべて本につぎこんでしまう人だったみたいで。学者というのは、えてして、そういうものなのでしょうけど」

宣直はため息をつく。

「そこで私は蜜子さんに、一生お金で苦労させないと約束して、結婚にこぎつけたのです。父が事業で成功して、そこそこの財産を築いていましたからね。別に私はそのこと自体は恥じていません。利害の一致というと変ですけど、お互い、それでハッピーならいいんじゃないかと思ってきました。このほくろの意味を知るまでは」

宣直はきつく右手を握りしめた。

「いつ捨てられても不思議はない、いや、実はもう捨てられかけているのではないかと直感しました」

宣直はもともと、無意識のうちに、蜜子の裏切りをおそれていたのだろう。

それが手相占いのせいで、はっきり自覚させられてしまったのだ。

「でもそんな時、瞬太君がきてくれました。これぞまさに天の助けです」

「えっ、おれ!?」

「ええ。ヨシアキ君の陰陽道のお店で働いてるんですよね! 彼は子供の頃から本当に学問が好きで、頭も良くて、天才少年というのはこういう子のことをいうのかとびっくりさせられたものですよ」

「まあ、頭はいいよね……」

要するに宣直がアドバイスを期待しているのは、瞬太からというよりも、祥明の弟子からなのだ。

このまえ清水寺《きよみずでら》の舞台から飛び降りた女性に言われた「初対面の高校生に悩みを相談すると思う?」という言葉を思いだす。

宣直と瞬太は初対面ではないが、信頼されるほどの深い付き合いでもない。

「まあ、祥明だったら、このほくろの警告を見て……」

瞬太はコホン、と、咳払いをする。

こうなったらヤケクソだ。

「蜜子さんの浮気が不安なら、阻止するために全力をつくせって言うだろうね。と言っても、お祓いとか、神頼みじゃないよ」

宣直は熱い眼差《まなざ》しで、真剣に聞き入っている。

「たとえば、おじさんは毎日ゴルフざんまいで、あんまり蜜子さんとでかけないよね？」

「それは……でも、エステに一緒に行くのは無理ですよ」

「映画には一緒に行ってたよね？　毎週映画に行くようにしたら？　その後、一緒にご飯を食べたり、お茶に行くって習慣をつくるとか」

「いやそんな、この年で高校生のデートみたいなことは……」

宣直の顔に、ほんのりと失望の色がうかんだ。

これだから高校生は、とか、思っているに違いない。

まあそうだよな、と、瞬太も思う。

とはいえ、大人のデートの場所なんて考えつかない。なにせ自分は、一度も女の子とデートなんかしたことないのだ。

落ち着いた大人デート。しかも京都。京都……？

「この茶室でいいじゃない」

「ここですか？」

宣直は小さな目をしばたたいた。

「お城の茶室だから、一番素敵な着物で来たらいいんじゃないかな？　蜜子さんはきっと、お洒落《しゃれ》してでかけるの大好きだよね？」

着物持ちのお洒落な女性たちは、常に、着物ででかけるチャンスをうかがっているものだ。

谷中《やなか》の初江《はつえ》なんか、すぐ近くの王子《おうじ》までわざわざ着物で来たりするのである。

「それは間違いありません」

「おれはよく知らないけど、京都には紅葉がきれいな場所とか、桜がきれいな場所とか、いっぱいあるんじゃないの？」

「もちろんありますよ」

　宣直は胸を張る。

「行けばいいと思うよ。ううん、行かなきゃだめだよ」

「そうでしょうか？」

「そうだよ。手相占いの通りになるのは嫌なんだろ？」

「はい」

　宣直は重々しくうなずく。

「試しにやってみて、だめだったらまた違う作戦を考えたらいいんじゃない？」

「むむ、なるほど、それもそうですね。ありがとうございます、瞬太さん。ずっと心にかかっていたもやが晴れた気がします」

　宣直はうなずき、ようやくいつもの、ゆったりした笑顔にもどった。

　やれやれ、ニセ祥明も楽じゃないぜ、と、瞬太は額の汗をぬぐう。

「ただ占いの結果を知るだけなら、本やインターネットでも十分だけど、読み解くにはやはり、ちゃんと心得のある人間に相談しないとだめなんですねぇ」

「あ、うん、まあ、そう……だね」

瞬太は少し照れたような赤い顔で、ごにょごにょと歯切れ悪く答えた。

前半は祥明の受け売りだし、後半は口からでまかせの思いつきだ。

高坂たちと一緒に手相占いを教えてもらった時、もっと真面目《まじめ》に覚えておけば、もう少しましなことが言えたかもしれない。

清水寺のおみくじで凶がでた時も、もっと前向きな励まし方をしてあげられたんじゃないかな、と、今更ながら、申し訳ない気持ちでいっぱいになる。

「も、もちろん私だってね、占いをすべて信じているわけじゃありませんよ。今回はたまたま、こう、思い当たってしまったといいますか……。でも本当にありがとう。あ、よかったら、私のお菓子もいかがですか？」

宣直も、ハンカチで汗を押さえながら、はにかんだように笑う。

瞬太は遠慮無く宣直のお菓子を頬張りながら、ふと、この素直な人の好《よ》さが蜜子の心をとらえたのかもしれないな、と、思った。

何があっても、絶対、浮気なんかしそうにないし。

頭が良すぎるせいか、にこやかに微笑《ほほえ》んでいても、どこか腹黒さを感じさせる安倍家の人たちとは真逆の資質だ。

「ところでおじさん、蜜子さんは学問が嫌いって言ってたけど、春記さんは学問が大好きだから学者になったんだよね？」

「そうなんです。隔世遺伝っていうんでしょうか、春記さんは安倍家の先代にそっくりなんですよ。とにかく本が大好きでねぇ。優貴子《ゆきこ》さんはもちろん、ヨシアキ君よりも本好きかもしれません」

「あのいつも寝そべって本を読んでいる祥明よりもすごい本好きなの!?」

「なにせ春記さんは、眠っている時でも本をはなさない子供でしたからね」

「うわ……」

どうかしてる、と、瞬太はあきれ返った。

いや、感心すべきところかもしれないが。

「もしかして春記さんは、安倍家の蔵書を狙っているのかな？　祥明は絶対、家に帰らないって宣言してるし」

「たとえヨシアキ君が学業に戻らなくても、蔵書は彼のものですよ。ただ、日本でも同性婚が認められることになったら、その日のうちにヨシアキ君に結婚を申し込むことは間違いないでしょうね」

「本めあてで⁉」

金めあての結婚という言葉は聞いたことがあるが、本めあては聞いたことがない。斬新というか、ぶっとびすぎだろう。

「もちろんヨシアキ君は断るでしょうけど」

「う……どうかな……」

祥明は常に「楽して儲ける」がモットーの面倒臭がりやである。

もしも春記が父親にならって、「一生お金に不自由させないから結婚してくれ」と言ったら、イエスと答えかねないのではないだろうか。

何せ、蜜子の親戚だし。

さすがにそれはない……と思いたいが、どうだろう。

「蜜子さんといい、春記さんといい、祥明といい、安倍家の人たちって、いろいろ計り知れないよね……」

「そうですねぇ。まあ、そこが面白いんですよ」

宣直は鷹揚《おうよう》に微笑んだのであった。

その夜。

宣直が風呂に入っているタイミングを見はからい、瞬太はソファでゆったりファッション雑誌をながめている蜜子に声をかけた。

「蜜子さん、今日もエステに行ったの？」

「そうよ」

ページをめくりながら蜜子は答える。

「昨日も行ってたよね？　どうしてそんなに毎日エステに行ってるの？」

「どうしてそんなこと聞くの？」

「その……もしかして、美人コンテストにでもでるのかなと思って」

「あら、どうして知ってるの？」

「ええと、蜜子さんがすごく熱心だから……って、えっ、本当にコンテストにでるの!?」

瞬太が驚いたのに気をよくしたのだろう。

蜜子はようやく雑誌から顔をあげて、にっこりと微笑んだ。

「ふふふ、どうせ宣直さんに、あたしが浮気してないか聞いてくれって頼まれたんでしょ？　あの人、最近やたらにてのひらのほくろを気にしていたもの」

「頼まれてないよ！　心配はしてたけど……」

「安心して。浮気なんかしてる暇はないわ。あたし来月ひらかれるスーパー美魔女コンテストの最終選考に残ってるのよ。優勝したら賞金を一千万円もらえる上に、美魔女クィーンの称号をもらえるのよ。絶対にとりたいわ」

「蜜子さんなら絶対とれるよ……」

「ありがとう、あたしもそう思うわ」

いい子ね、と、蜜子は瞬太の頭をなでる。

安心したような、気が抜けたような、複雑な心境の瞬太であった。

四

お盆休みが終わり、東京はいつもの活気と喧騒をとりもどした。

森下通《もりしたどお》り商店街の上海亭《シャンハイてい》も、ランチタイムの常として混み合っている。

今日は私服の高坂、江本《えもと》、岡島《おかじま》の三人は、席について料理を注文すると、定時報告タイムに入った。

「昨日、陰陽屋さんに行ってきたよ。手伝いの人はお盆休みの間だけだったみたいで、ちょっと掃除が雑になってた」

高坂の報告に、江本がにやりとする。

「店長さん、掃除ができないなんて意外な弱点だったな」

「正確に言うと、できないわけじゃないけど嫌いなんだろうね。多分、家事全般が」

「だから沢崎《さわざき》を雇ってたのか」

てっきり化けギツネが珍しくて雇ってるんだとばかり思ってたぜ、と、岡島もうなずく。

「で、その沢崎は？」

江本の問いに、高坂は首を横にふった。

「陰陽屋さんでは特に情報なし。やっぱり頼みの綱は遠藤《えんどう》さんだね」

遠藤茉奈《まな》は新聞部の部員で、情報収集能力が異常に高い。ストーカー体質なので、忍耐力と粘着力が常人ばなれしているのだ。

そこで会話は途切れてしまった。

三人は週に一、二回集まって、情報交換をしているのだが、ここのところ何も進展がない。

ちょうど江美子《えみこ》が料理をはこんできてくれたので、おのおの食べはじめた。高坂と岡島が冷やし中華、江本がチャーハンの大盛りである。

「今日でベスト8がでそろうのか」

岡島はテレビの高校野球を見ながら、弾力のあるもちもちの麺をすすった。飛鳥《あすか》高校には野球部がないのだが、中学までは野球少年だったのである。

「ん？　スープがちょっと変わったな」

「そう言われれば、酸味がまろやかになったかな？」

高坂が首をかしげる。

「どれどれ、おれにもちょっとわけて」

大盛りチャーハンを頬張りながら、江本が頼んだ。

高坂がさしだした冷やし中華のスープを、少しだけれんげですくう。

「あ、本当だ。何だろう」

「柚子《ゆず》……いや、かぼすか？」

岡島が舌先でじっくりとスープを味わいながら言う。

「なかなかいい舌してるわね。今年はレモンをかぼすにかえてみたのよ」

隣のテーブルを片付けていた江美子が、感心したように言った。

「かぼすですか、なるほど」

「あら、もしかして君たち三人は瞬太君の同級生？　よく一緒に来てたわよね」

「はい、同じクラスの高坂です」

高坂がそつなく挨拶すると、江本と岡島も、どうも、と、会釈する。

「ねえねえ、瞬太君、まだ陰陽屋に戻ってこないけど、もしかして祥明さんとケンカでもしたの？」

江美子はあいている席に腰をおろし、声をひそめて尋ねた。

「インフルエンザをこじらせて肺炎になったと聞いています。学校にもずっと来てません」

高坂は、みどりがだしている公式見解ならぬ公式病状をそのまま伝える。

「えっ、肺炎!?　それは大変ね。うちのばか息子が、瞬太君はやっぱり旅にでたのかなぁなんて言ってたけど、肺炎だったの」

「旅ですか？」

「七月に王子駅でばったりあった時、瞬太君が旅にでるって言ったんですって。息子の聞き間違いよね」

江美子は肩をすくめると、ゆっくりしていってね、と、レジに戻って行った。

三人は互いに視線を見交わし、頭を近よせた。

「あやしいな」

「めっちゃあやしいよ」

「遠藤さんの出番だね」

三人はうなずきあった。

五

二条城へ行った後、瞬太は再び山科邸でのぐうたら生活に戻った。

てっきり翌日も観光地に連行されるものと瞬太は覚悟していたのだが、宣直は手相の悩みが解消してすっきりしたせいか、ぱたりと京都観光をすすめてこなくなったのである。

掃除の手伝いものり子にきっぱり断られてしまったし、実に暇だ。

いくら夏休み中とはいえ、他人の家でぐうたらしすぎると、さすがに不安になってくる。

今日なんか目がさめたら午後四時だった。

さすがにパンケーキをだすのり子の視線が痛い。

「何とかしないとな」

母親候補が二人あらわれたことと、成長が止まると聞かされたことで、つい陰陽屋から逃げだしてしまったが、京都でごろごろしていても問題は解決しない。

何より家族や友人たちに会えないのがつらいし、遅ればせながら、東京へ帰って、難題にむきあった方がいいんじゃないだろうかという気がしてきたのである。

「このままじゃだめだよな……」

極上のもっちりパンケーキ二段がさねをかみしめながら、瞬太はつぶやく。

問題は交通費だが、やはり春記に借りるしかないか。

行きの交通費も借りたままだが、東京に帰って、毎月、陰陽屋のバイト代から返していけばなんとかなるだろう。

「よし、それだ」

ナイフとフォークをぎゅっと握って、瞬太は一人でうなずいた。

「瞬太さん」

のり子に冷たい声でよばれ、びくっとする。

「な、なに？」

「春記さまからお電話があって、今日の講演会の資料を玄関に置き忘れたから届けてほしいそうです。今、見てまいりましたところ、たしかに玄関にこの封筒が置き忘れられていました」

のり子はＡ４サイズの書類がはいる茶封筒を瞬太に見せた。

春記には話があったし、ちょうどいい。

「場所は丹波橋《たんばばし》の文化センターですが、瞬太さんにはわからないだろうから、タクシーできてくれとのことです」

「わかった、行ってくる」

瞬太はパンケーキの残りをぺろりと平らげると、大急ぎで着替えてでかけたのであった。

瞬太が文化センターに着いた時、ホールの入り口には百人ほどの列ができていた。講演のテーマは「山科春記先生が語る平安の京都と妖怪たちの夕べ」。さすが妖怪博士である。

しかし肝心の春記はどこにいるのだろう。

茶封筒をかかえてロビーをうろうろしていたら、スーツ姿の青年によびとめられた。袖に案内係の腕章をつけている。

「入場は五時半からなので、列に並んでお待ちください」

「えーと、そうじゃなくて、この封筒を春記、山科先生に」

「ああ、聞いています。先生は楽屋にいらっしゃるので、こちらへどうぞ」

案内係の後ろについて、瞬太は廊下を歩く。

「あっ」

五メートルほど歩いたところで、急に案内係が振り返った。

「君、伏見《ふしみ》稲荷《いなり》で倒れてた中学生だよね!?」

「えっ!?」

瞬太はドキッとする。

「僕だよ、僕。倒れていた君をおこした……」

案内係は自分の顔を指さした。

たしかに琥珀《こはく》色《いろ》の瞳に見覚えがある。

「もしかして、寝ていたおれをおこしてくれた人？」

スーツなんか着込んでいるから気がつかなかったが、よく見たら、伏見稲荷で瞬太をおこしてくれた大学生風の青年だ。

「そうそう、絶対に熱中症で倒れた人だと思ったのに、寝てたって言うからびっくりしたよ」

あはは、と、声をあげて笑われ、瞬太は赤面する。

「君、山科先生の親戚か何か？」

「ううん、ただの居候だよ」

「へぇ」

青年は物珍しげな表情で、瞬太を見おろす。

「お兄さんはここの職員さん？」

「いや、僕は山科先生が教えている大学の学生だよ。今日はお手伝い」

青年は楽屋のドアをノックした。

「先生、資料を持った子が来ましたよ」

「ありがとう、瞬太君。入って」

春記は瞬太を招き入れた。

瞬太が預かった茶封筒の中身を確認すると、案内係の青年に渡して、お客さんが入場する時に一部ずつ配るよう指示する。

「瞬太君がいてくれて本当に助かったよ」

「えっ、いや、どうせ暇だし」

瞬太は照れて、耳の後ろをかいた。

「君がこのまま京都に残って、僕の手伝いをしてくれるとすごく助かるんだけど」

「ごめん、もうすぐ二学期がはじまるから、そろそろ東京に帰らないと」

「そんなの京都の高校に転校すればいいじゃない」

「えっ」

瞬太は困った顔をする。

「そんな顔をしないでもいいじゃない。つれないなぁ。好きな女の子がいるとか？ああ、陰陽屋で会った三井《みつい》春菜《はるな》ちゃんか」

春記の問いに、瞬太の頬がぱっと赤く染まった。

「なるほどねぇ。でも夏休みが終わるまでは京都にいてよ。ね？」

「う……うん」

とても東京へ帰る旅費を貸してくれと言いだすどころではなく、瞬太は肩をおとして、すごすごと山科邸に帰ったのであった。

六

春記への借金申し込みを言い出せずに、山科邸へ帰った瞬太は、気を取り直して、宣直に頼むことにした。

一階にある宣直の部屋にむかう。

「どうしたんですか、瞬太君」

部屋では、宣直が両腕にスーツを五着ばかりかかえて、うろうろしているところだった。

「おじさんこそ、何やってるの？」

「今から蜜子さんをエステまで迎えに行って、鴨川《かもがわ》の納涼床でご飯を食べる予定なのですが、服が決まらないんですよ。どれがいいと思いますか？」

「えっ、服のことは全然わからないんだけど、川で涼みながらご飯を食べるんなら浴衣《ゆかた》とかがいいんじゃない？　鴨川には行ったことないけど、隅田川《すみだがわ》の花火大会に行った時は、うちの母さんは浴衣だったよ」

服が決まらないことには話を聞いてくれそうになかったので、瞬太は適当な思いつきを言った。

宣直には思いつきばかりを言っているようで、気がとがめる。

「ふーむ、なるほどなるほど、浴衣ですか。どうせなら蜜子さんにも浴衣で決めてもらって……、うんうん、浴衣姿の蜜子さん、いいですね」

瞬太の提案は、思いのほか、宣直の気にいってもらえたようだ。

「でもおじさん、早速、蜜子さんとでかけることにしたんだね。良かった」

「瞬太君のおかげですよ。お礼をしないといけませんね。何かほしいものはありますか？」

「で、できれば、お金を貸してほしいんだ。東京に帰る交通費を……」

「それはできません」

宣直はきっぱり断った。

「おれ、東京では祥明の店でバイトしてるから、ちゃんと返せるよ！　と思うんだけど……だめ……かな？」

「返せるとか、返せないとか、そういう問題ではないのです。瞬太君が京都を気に入って、ずっと留まってくれるように協力してくれと、春記さんに頼まれて、私は引き受けました。それなのに瞬太君が東京に帰る旅費を用立てたりしたら、春記さんを裏切ることになってしまいます」

「春記さんが……」

春記さんは、本気で、おれを東京に帰らせない気なのかもしれない。

この調子だと、きっと、蜜子さんものり子さんも、お金を貸してくれないだろう。

どうしたらいいんだ。

瞬太は京都で一人、途方に暮れるのであった。

七

沢崎家ではまだ、みどりと吾郎、瑠海の三人の生活が続いている。

「あっ、今、ぐいって動いたわ」

みどりは瑠海のお腹にあてた手を、びっくりしてひっこめた。また少しやせたみどりの手は、骨張っている。

「ね、動いたわよね？」

「うん、最近よく動くの。あたしが寝ていてもおかまいなしに、お腹をがんがん蹴ってくるから目が覚めちゃって」

瑠海は両手でお腹をさすりながら苦笑いする。

「予定日までもう一ヶ月を切ったんだから、いよいよね。男の子かしら、女の子かしら。すごく楽しみだわ。その頃には瞬太も帰ってきてるといいんだけど」

みどりは半ばあきらめたような表情だ。

「赤ちゃんが生まれたら、三人で気仙沼《けせんぬま》に会いに来てよ。九月には連休もあるし」

「そうだな、ついでに温泉に入って、うまい魚を食べて」

ちょうど戻《もど》り鰹《がつお》のシーズンだなぁ、と、吾郎はにこにこ笑った。

吾郎は逆に、体重と白髪が着々と増加している。

「……瑠海ちゃんが帰っちゃったら寂しくなるわ。ずっとこのまま東京にいてもいいのよ？　どうせパパは、結婚したらすぐに、まぐろ漁にだされちゃうんでしょ？」

みどりは瑠海のやわらかな両手をとった。

パパというのは、赤ちゃんの父親のことである。

「それが、やっぱり高校は卒業することになったの。漁師になるにしても、大型船舶免許をとるのに数学のテストがあるから、ちゃんと勉強しといた方がいいってばっぱが」

「数学!?　知らなかったわ」

「大型船舶がないと、漁師になれないのかい？」

「漁師にはなれるけど、船長や漁労長になれないんだって。お給料が全然違うみたいよ」

「瞬太には絶対無理だな」

「そうねぇ」

「そもそも朝おきられない漁師ってどうなの？」

三人からけらけらと笑い声がこぼれる。

早く帰ってこい。

みどりも、吾郎も、ひたすら祈り続けていた。

八

もう八月も後半だというのに、あいかわらず猛暑が続いている。

この暑い中、占いに来る物好きは滅多にいない。

「こんにちは、店長さんいますか？」

祥明がベッドに寝ころんで本を読んでいると、店の入り口から声が聞こえてきた。

「またあいつか……」

面倒臭そうに祥明はつぶやき、のそのそと身体をおこす。

髪を軽く手ぐしで整え、狩衣《かりぎぬ》をさっと確認すると、沓《くつ》をはいて休憩室をでた。

「こんにちは、店長さん」

陰陽屋が再開して以来、またもせっせと通ってきているのは高坂である。

今日は珍しく、新聞部員で、高坂のストーカーでもある遠藤茉奈も一緒だ。

「遠藤さんが沢崎に関して調べてくれたので、一緒に来ました」

高坂にうながされ、遠藤はメモ帳がわりの携帯電話をひらいた。

「姿を消した当日ですが、京浜東北線《けいひんとうほく》の蒲田《かまた》行きに乗ったようです。該当する日時のSNSをあさったら、車内での目撃情報がいくつかありました」

瞬太は陰陽屋の仕事着である童水干《わらべすいかん》のままだったので、かなり目立ったようだ。

「下車したのは東京駅です。それ以後の目撃情報はありません。おそらく着替えたのでしょう」

「東京駅か」

東京駅からは他にも総武《そうぶ》線や東海道《とうかいどう》線などいく通りもの乗り換えが可能だが、まったくなじみのない土地へいきなり行くとは考えにくい。

やはり中央線で国立《くにたち》へむかったのだろう。

だがなぜ、槙原《まきはら》のところにも、柊一郎のところにもあらわれないのだ？

母もその頃は軽井沢だったはずだが。

「それ以降の足取りは追えませんでした」

「ありがとう。ところでメガネ少年は最近、清水寺で人助けをしたりしなかったか？」

「清水寺には中学の修学旅行で行ったきりです」

「じゃあ他の誰かか。うちの店を知っている男子高生なんて、何百人もいるからな」

「清水寺で人助けって、もしかして、これですか？　今、話題の動画なんですけど」

遠藤が二人に見せたのは、ＳＮＳに投稿された動画だった。

たまたま清水寺の舞台から景色を撮影していた観光客が、飛び降り事件に遭遇したらしい。画面の隅に、まずは若い女性が飛び降り、続いて小柄な少年が追いかけ、助けるところがうつっている。

「携帯電話のカメラで撮影したムービーで、しかもピントがぶれぶれなので、全然顔がわかりませんが、この動き、ちょっと似てるなって思ったんです。これでピントがきっちりあっていたら、やらせか合成だと思うところですが」

「うーん、似ていないこともないけど、沢崎が京都に行くだろうか」

高坂は首をかしげた。

「それからもう一つ、こちらは京都の伏見区に住んでいる高校生のブログですが」

遠藤がひらいたのは、真っ黒に陽焼けしたサッカー少年のアバターがついたブログである。

「ここです。このブログを書いている高校生は足腰を鍛えるため、毎日、伏見稲荷大社の山を走っているのですが、先週、暗い山中で、てのひらから青白い人魂《ひとだま》をだす少年とはちあわせた。あれはきっとお稲荷さまの使いの白狐《びやっこ》に違いない、と書いています」

「ふむ」

祥明は扇《おうぎ》を頬にあてた。

たしかに瞬太なら、てのひらから青白い炎をだせる。

人魂ではなくキツネ火だが。

まさか瞬太が京都に？

そういえば、あの優里《ゆり》という女性客も、清水寺で助けてくれた男の子から陰陽屋をすすめられたと言っていた。

それが瞬太だったとすれば、陰陽屋を知っていて当然である。

とはいえ、そもそも瞬太は新幹線に乗るお金なんか持っていないし、京都に知り合いもいないはず……

パシッ。

祥明は音を立てて扇を閉じた。

「春記さんか⁉」

よりによって妖怪博士のところに転がり込むとは、なんとうかつな。

だがあの考えなしの瞬太ならやりかねない。

祥明は頭をかかえた。

九

高坂と遠藤が帰った後、祥明は一人で店内をうろうろと歩きまわった。

「京都へ行くしかないのか？　軽井沢に行ったばかりなのに。まったく面倒臭い」

正直、春記は苦手である。

なるべくなら行かないですませたい。

「まあ、まだ京都にいると決まったわけではないしな。キツネ君の居場所がはっきりするまでは、みどりさんたちにも黙っておいた方がいいか」

うんそうしよう、と、なるべく楽な方向で解決しようと決めた時、携帯に着信があった。父からである。

「ヨシアキ、お義父《とう》さんが倒れた」

「えっ!?」

「おまえには言うなと口止めされていたんだが……」

柊一郎は数日前から、本郷《ほんごう》の大学病院に入院しているという。

憲顕《のりあき》が優貴子《ゆきこ》を軽井沢まで迎えに行ったのは、祥明のためではなかったのだ。

父に感謝して大損だった、と、祥明は心の中で毒づく。

祥明は陰陽屋を臨時休業にして、てらてらした洋服に着替え、地下鉄で本郷へむかった。

イチョウの大木が並ぶ大学構内を、足早に通り抜ける。

途中で脱いだジャケットを小脇に抱え、入院棟の真っ白なビルに足を踏み入れた。

涼やかなエアコンの空気に、病院独特の、消毒薬や機器のにおいが混じっている。

憲顕《のりあき》は一階の受付前のロビーで、本を読んでいた。

こざっぱりしたサックスブルーのカッターシャツにグレーのパンツという服装で、ひげもきれいにあたっている。

良く言えば優しげで知的な紳士なので、女子大生が惑《まど》わされるのもわからないことはないが、同時に優柔不断な恐妻家でもあり、まったく頼りにならない。

そう言えば、母も東京に戻ってきているはずだ。

祥明はつい険《けわ》しい眼差《まなざ》しで、周囲を見回してしまう。

「優貴子なら今はいないよ。さっきでかけていった」

「そうですか」

「今回は幸い大事にはいたらなかったが、お義父さんももうお年だ。今さらヨシアキに大学院に戻れとは言わないが、せめて家に帰れないのか？」

「お父さんが離婚してくれたらすぐに戻ります」

「たとえ離婚したとしても、優貴子が安倍家からでていくことはないよ。私は婿養子だからね」

鋭い皮肉をはなったつもりだったが、あっさりかわされてしまった。

「せめて入院している間だけでも、ちょくちょく顔をだしてあげてくれ」

「わかりました」

父の言葉に、祥明はうなずく。

「やあ、ヨシアキ」

二人部屋のベッドで、もともとやせていた柊一郎はさらに細くなっていたが、それでも、ふふふ、と、笑ってみせた。

涼やかな楊柳《ようりゅう》の作務衣《さむえ》をパジャマがわりに着ているせいか、あるいは白いあご髭《ひげ》が伸びたせいか、また一段と仙人めいて見える。

祥明は来客用の椅子をベッド脇まで運んで、腰をおろす。

上野公園を見おろせる眺めのよい窓のそばには、見舞いの品々がずらりと並んでいるのだが、果物や菓子より本が多いのはさすがである。

「夏バテだと思っていたら心臓でねぇ、ひどい目にあったよ。篠田《しのだ》が迎えに来るかと楽しみにしていたんだが、どうやらまだのようだな」

幸い順調に回復しており、あと一週間ほどで退院できる見通しだという。

「ところで瞬太君は見つかったかい？」

「まだですが、もしかしたら、京都の春記さんのところかもしれません」

「早く迎えに行ってあげなさい」

「春記さんのところへですか？」

「嫌なのかね？」

柊一郎に興味津々といった眼差しをむけられ、祥明は肩をすくめた。

「春記さんは何かというとおれにからんでくるんですよ。昔からその傾向はありましたが、最近顕著というか……。おれが安倍家の蔵書を将来相続する立場にありながら、学業を捨てて、陰陽屋なんかはじめたのが気に入らないんでしょうね」

「それもあるだろうが、最大の理由は瞬太君だよ」

「え？」

柊一郎が何を言いたいのかわからず、祥明はとまどう。

「本物の妖狐である瞬太君がヨシアキのそばにいるのが、妖怪学の研究者である春記君としては悔《くや》しくて仕方がないんだろう」

「確かに以前も、京都に来ないかと、キツネ君を誘っていましたが」

「春記君のことだから、あの手この手で、瞬太君が帰れないように引き止めているんじゃないのかな」

「なるほど」

帰りたくても帰れなくて、結果的家出状態になっている。

みどりの予想的中だ。

祥明は息を吐く。

「それに、今、瞬太君にはさらなる危険が迫っているかもしれない」

「なぜです？」

「さっき優貴子が珍しく一人で京都へでかけたんだ」

「えっ!?」

祥明は驚き、椅子から腰をうかせた。

偶然だとはとても思えない。

遠藤茉奈のようにＳＮＳから捜しだしたのか、それとも、春記から何らかの情報提供があったのか。

「どういうわけか、優貴子はおまえと瞬太君の居場所をつきとめることにかけては、天才的な能力を発揮するからね。すぐに瞬太君を助けに行ってあげなさい」

「ですが今は……」

祥明はやせた祖父の顔を見て、ためらった。

十

今日も山科家でぐだぐだ悩んでいた瞬太の耳と鼻が、凶兆《きょうちょう》をキャッチした。

「まさか……」

ふかふかの布団から身体《からだ》をおこす。

「こんにちは」

玄関から聞こえてきたこの声は。

「あら、優貴子ちゃん、突然どうしたの？」

「蜜子伯母《おば》さま、ここにキツネの子が来てるでしょう？」

「キツネの子？」

自分がここにいることがばれてる！

瞬太は真っ青になった。

なぜ⁉

春記が優貴子に教えたのか⁉

とにかく隠れなきゃ。

瞬太はとっさに、押し入れにもぐりこんだ。苦労して内側からふすまをしめる。

「キツネの子はキツネの子よ。ヨシアキをたぶらかす憎いあの子を今日こそ捕まえてやるわ。目が金色で、耳が三角で、尻尾の先が白いの」

「耳？　尻尾？　いったい何のこと？」

「あれ、優貴子さん、久しぶり」

春記の声だ。

「キツネの子を渡してちょうだい」

「それはできません。あの子は僕もお気に入りですから」

春記がきっぱり拒絶してくれて、ほっとしたのもつかの間。

「渡してくれないと、この家がどうなっても知らないわよ」

ガサガサと物音がする。

優貴子がバッグから何かとりだしたようだ。

「優貴子ちゃん、あなた、それ……！」

蜜子の悲鳴が家中にひびきわたる。

一体何がどうなっているのだろう。

まさかガソリンでも撒《ま》こうとしているのか……!?

「瞬太君なら階段をあがって右の部屋よ！」

「お母さん！」

「だって、優貴子ちゃんのあの目を見たでしょう!?」

一体何をしようとしているのだろう。

押し入れの奥で瞬太は震えながら、じわじわ近づいてくる足音を聞いた。

足音とともに、カサカサと妙な音がする。

押し入れの前で足音がとまった時。

「キツネ君！」

玄関から凛とした声が響いた。

「東京へ帰るぞ」

瞬太はふすまを開け、押し入れからとびだした。

自分を捕らえようとする優貴子の手をすりぬけ、階段をかけおりる。

かすかにただよう、煙草《たばこ》のにおい。

玄関に立っている、つややかな長い黒髪に銀縁眼鏡の、すらりとした長身の男。

「瞬太君!?」

春記が両腕をひろげ、瞬太を止めようとするが、キツネジャンプでひらりとかわす。

「祥明！」

いつもの黒いてらてらしたホスト服の胸に、瞬太はとびついた。

「祥明！　おまえのお母さんが……！」

「ヨシアキ！」

瞬太の後を追って、優貴子も玄関にかけ戻ってきた。

右手に握ったビニール袋には、ガソリンではなく、ぬらぬらと黒く光るゴキブリが
二十四匹ばかり詰め込まれている。カサカサという音の正体はゴキブリだったのだ。

怖い、怖すぎる……！

逃げなきゃ！　と瞬太は思うが、あまりの恐怖に、足がすくんで動けない。

優貴子は祥明の姿を見つけた途端、相好《そうごう》を崩す。

「まあ、ヨシアキ、会いたかったわ！」

優貴子はビニール袋を持ったまま祥明に抱きつこうとするが、祥明は長い右腕を伸ばして拒絶した。

ならば、と、優貴子が祥明の右腕に抱きつこうとすると、祥明は左手でビニール袋を奪いとった。

長い廊下の奥に向かって、思いっきりビニール袋をほうり投げる。

ビニール袋からゴキブリの群がまきちらされると、蜜子がすさまじい悲鳴をあげた。

優貴子が蜜子の方を見た一瞬のすきをついて、祥明は瞬太をかかえ、山科家の前で待たせていたタクシーに乗りこんだ。

春記が玄関から追いかけてくるが、かまわず祥明はタクシーをだしてもらう。

「京都駅へ」

動きだしたタクシーの後部座席で、瞬太は思わず泣きそうになった。

祥明に見られないよう、顔を窓にむける。

やっと東京へ帰れるんだ……！

十一

プルルルルという軽快な発車音から一呼吸置いて、新幹線はドアを閉ざし、なめらかに動きだした。

ところどころライトアップされた美しい古都の夜景が、窓のむこうを流れ去っていく。

「よし、逃げ切ったな」

隣の席で祥明が言うと、瞬太はようやく肩の力を抜き、座席にもたれかかった。

「あー、怖かった。あんなに大量のゴキブリ、自分でつかまえたのかな……」

「あれは母のお気に入りのオモチャだ。セロファンの翅《はね》の音にだまされたな」

「なんだ……」

瞬太はがっくりと脱力する。

優貴子なら本物を調達しても不思議はないので、すっかりだまされてしまったのだ。

「さっさと東京に帰って来ないからこんな目にあうんだ」

「わかってるよ。おれだって帰りたかったさ。でも……」

瞬太は急にもじもじしはじめる。

「あの……祥明……実はおれ……」

「新幹線のチケット代なら、おまえの給料から天引きしておくから安心しろ」

「えっ」

「それとも今払えるのか？」

「払えない……」

そらみろ、という顔をされて、瞬太はチクショウと心の中で悔しがる。

だが春記のように「返せなんて言わないから」などと優しく言われるとかえってプレッシャーだから、やはり給料から引かれる方が気楽でいいのかもしれない。

「じゃあついでにお弁当とお茶も買ってよ。給料天引きでいいからさ」

「図々しいな」

文句を言いながらも、祥明は車内販売の弁当とお茶を買ってくれた。自分はビールだ。

「でも正直、面倒臭がりやの祥明が、京都まで来てくれるとは思ってなかった」

「祖父にな、死ぬ前にまだ瞬太君と話したいことがいろいろあるから、京都へ迎えに行ってくれって頼まれたんだ」

「そうだったのか」

「あとは雅人《まさと》さんと秀行《ひでゆき》に、おれのせいだって責められて……」

祥明はブツブツとぼやく。

「で、春記さんの家はどうだった？」

「すごかったよ。本物の家政婦さんがいて、毎晩夜食に美味《おい》しいぶぶ漬けをだしてくれた！」

「ぶぶ漬け？」

祥明はけげんそうな顔をする。

「うん、京都風のお茶漬け。蜜子さんによると、お客さんが来た時にぶぶ漬けをすすめるのが、京都で流行《はや》ってるジョークなんだって。すごく美味しかったから、毎晩つくってもらっちゃった」

「キツネ君、京都人がお客さんにぶぶ漬けをすすめるのは、さっさと帰れっていう意味らしいぞ……」

「えっ、そうなの⁉　だって京都ジョークだって……あっ、そういえば春記さんが変な顔してたかも……」

「蜜子さんも嫌みたっぷりなブラックジョークがすべった上に、ぶぶ漬けを美味しいとほめられ、あまつさえ毎晩だす羽目になって、さぞかし調子が狂ったことだろうな」

　祥明は腹をおさえ、肩をふるわせて笑いだした。新幹線の中なので、笑い転げたいのを必死で我慢しているようだ。

「宣直さんはどうだった？」

「京都の観光地をいっぱい教えてくれた。おかげですっかり京都には詳しくなったよ」

「毎日観光ざんまいだったのか？　昼寝もせずに？」

「いや……それが、なぜか、いつもより眠くて、観光したのは四日間だけだった。伏見稲荷の山めぐりをしている途中、ものすごく眠くなって、うたた寝してるところを、偶然、春記さんの大学の学生に見つかって起こされるし」

「偶然……ね」

祥明は長い指をこめかみにあて、一瞬考えこんだ。

何かがひっかかったようだ。

「しかしなぜ、春記さんの家にいるならいるで、連絡を入れてこないんだ。みどりさんと吾郎さんがどれだけ心配するか、おまえにだって想像つくだろう」

「えっ、連絡したよ？　ていうか、おれは携帯持ってなかったから、祥明に連絡してくれって、春記さんに頼んだんだけど……」

「はあ？　春記さんからはメールも電話も……あっ」

祥明は携帯電話の着信履歴をさかのぼって舌打ちした。

「一回だけ着信があるな。七月二十日の朝七時に……」

「寝てたのか」

「春記さんも春記さんだ。そんな大事なことなら、留守録に入れておいてくれればいいのに。しかも朝七時なんて、絶対におれが寝ている時間だって知ってるはずだ」

「わざとかな？」

「わざとだろう」

二人は同時にため息をつく。

「そもそも、何だって春記さんの家になんか行ったんだ」

「その……あの日、たまたま東京駅で春記さんに会って……」

「たまたま？」

「ちょうど泊まるところを探していたから……」

「よりによって春記さんの家に泊めてもらうことにしたのか。しかも一ヶ月も」

「そんなに長く泊めてもらうつもりじゃなかったんだけど、東京に帰る金がなくて……。ごめん」

「どうせそんなことじゃないかと思っていたが」

祥明は器用に眉を片方つりあげる。

「だって、あの日は……」

瞬太は今更ながら、いろいろ思いだしてうつむいた。

自分には母親を名乗る化けギツネが二人もいること。

そして、どうやら自分はそろそろ成長が止まりつつあるらしいこと。

「おれ、うちに帰ってもいいのかな……」

祥明は、フン、と、鼻をならした。

「他人のおれが告知するのもどうかと思うが、東京に着くまで二時間半、隣でめそめそされるのも不愉快だからはっきり言っておく」

「えっ⁉　何か知ってるのか⁉」

瞬太は緊張した面持ちで背筋をのばす。

「……やっぱりやめた」

「おい！」

「そうだ、みどりさんが心配しているだろうから、連絡を入れておくか」

祥明は携帯電話でメールを打とうとしたが、ちょうど着信があった。マナーモードなのでブブブと震える。

「噂をすれば吾郎さんだ」

祥明は立ち上がり、通路をデッキにむかいながら電話にでた。

「はい、そうです。ええ、今、新幹線で……」

祥明は片手で口をおおいながら話しているが、瞬太の聴覚だと丸聞こえである。

「えっ⁉」

祥明が慌《あわ》てて席にもどってきた。

「緊急事態だ。瑠海《るみ》ちゃんが破水した。今夜中には産まれるらしい」

「えええっ⁉」

十二

二人は東京駅で新幹線をおりると、京浜東北線に乗り換え、病院へむかった。

瑠海は九月に気仙沼の産院で出産する予定だったのだが、急なことだったので、みどりの勤務先である王子中央病院へ連れて行ったのだという。

分娩室の前では、吾郎が所在なげにうろうろしていた。

ほぼ一ヶ月ぶりに見る吾郎は、白髪がふえ、顔が丸くなっているが、指摘してはいけないような気がしてだまっていることにする。

「よかった、父さん一人じゃ心細くて、どうしようかと思ってたんだよ」

分娩室からは瑠海のうめき声やら叫び声やらが聞こえてくる。みどりは中で励ましているらしい。

「孫の出産を待つ祖父ってこういう心境なのかな。心配で聞いてられないよ」

「とりあえず落ち着きましょう。父親でもない我々が取り乱しても仕方がありません」

「そ、そうですね」

吾郎はうなずいた。

「ところで頼んでおいた着替えは？」

「持って来ましたよ」

吾郎は紙袋を瞬太に渡した。

中をあけると、Tシャツなど、瞬太の服が入っている。

「どこかあいている部屋に行って、全部着替えてこい。そうだ、以前、ラップ騒動の時に調査したストックルームをかしてもらえ」

ストックルームというのは、入院患者用のシーツや毛布などの備品が保管されている部屋のことで、人の出入りは一日に数回しかない。

「なんで着替えるの？」

「分娩室の前ではそういう決まりなんだ。赤ちゃんに雑菌をうつしたら大変だろう」

「そうなの？」

「下着もちゃんとかえるんだぞ。今着ているものは全部ゴミ箱に捨ててこい」

わけがわからなかったが、瞬太はそういうものなのかと、言われた通り、ストックルームで全部着替えた。もったいなかったが、京都から着てきた服は、自販機コーナーのゴミ箱に捨てる。

「これでいい？」

「よし」

三人ならんで分娩室前のソファに腰をおろす。

頻繁《ひんぱん》に瑠海のうめき声が聞こえてくる。

隣に腰をおろした瞬太の顔を見て、吾郎は弱々しく微笑《ほほえ》んだ。

「元気そうだな、瞬太。顔色は悪いけど……」

「それは父さんも同じ……」

瑠海の叫び声に、三人はビクッとして肩をよせあう。

あのいつもクールな瑠海がこんなに叫んでいるということは、よほどの痛みなのだろう。

「心臓に悪いな」

「うん」

「難産なのかな。痛み止めの注射とか点滴とかうってあげればいいのに」

「早く産まれるように、陣痛促進剤を使ったって母さんが言ってたからな。破水したら早く産まないと赤ちゃんがどうとかで、とにかく必要な処置だそうだ」

「それって痛くなる薬なの？」

「そうらしい」

怖すぎる……と、男たち三人は蒼白な顔をひきつらせた。

「じゃあ私はこれで。よく考えたら、お二人は瑠海ちゃんの親戚ですが、私は違いますから」

祥明は立ち上がろうと腰をうかせる。

「待って、待って！」

「一緒にいてください！」

瞬太と吾郎が祥明の腕をつかんだ。

「こんなところで逃げだすなんて卑怯《ひきょう》だぞ、祥明！」

「おまえが言うな」

祥明は瞬太の指をひきはがそうとする。

「私からもお願いします。大事な話があるんです」

吾郎に懇願され、祥明はしぶしぶ、もう一度ソファに腰をおろした。

「瞬太、こんな時だが、おまえを産んだのは呉羽《くれは》さんだったことがはっきりしたよ。祥明さんが調べてくれたんだ」

不意打ちだった。

瞬太の頭は真っ白になり、吾郎が何を言っているのかわからない。

「おれを……？」

また瞬太が逃げだすと思ったのか、それともただ瑠海の絶叫におそれをなしたのか、吾郎はぎゅっと瞬太の手を握ってきた。

緊張で少し汗ばんだ、大きな手。

「うん。颯子さんの目力に負けて、ラーメン職人山田《やまだ》さんこと佳流穂《かるほ》さんが、嘘をついたと白状した」

祥明が補足説明する。

「そうか、呉羽さんが……」

瞬太は小さくつぶやいた。

「父さん、おれ、実の親が誰なのかはっきりわかった瞬間って、どんな気持ちになるんだろうって、ずっと想像してきたんだ。嬉しいのか、感動するのか、それとも逆に、腹がたつのか、どっちだろうって……」

「で、どっちだった？」

「この際どっちでもいいよ！　とにかく瑠海ちゃんの赤ちゃんが無事に産まれてくれさえすれば……！」

「そうだな、うん、その通りだ」

吾郎もうなずく。

またもドアのむこうから瑠海の絶叫が聞こえてきた。

瞬太の耳には、瑠海を励ますみどりの声も聞こえている。

「あ、頭が見えてきたわね」

「もう一回いきんでみようか」

他にも看護師や医者らしき声が聞こえるが、みな落ち着いている。

瑠海はうめき続けているが、特にトラブルというわけではないらしい。

むしろ順調のようだ。

「ドラマのお産のシーンで叫んでるの見たことあるけど、あれって本当なんだね」

「そうだな」

「……呉羽さんがおれを産んだ時も大変だったのかな……。それともキツネはまた違うのかな？」

「さあな。直接本人にきいてくれ」

「うん……」

瞬太は小さくうなずく。

うつむく瞬太の手を、もう一度、吾郎がきゅっと握りなおした。

「瞬太、おまえは本当のお母さんと暮らしたいかもしれないが、せめて高校卒業まではうちにいないか？」

「いいの？」

京都にいる間、いつも思い出していたのはみどりと吾郎のことばかりだった。

呉羽には申し訳ないが、生後数ヶ月しか一緒にいなかった人のことは思い出しようもない。

「キツネ君は、今は、高校を卒業することだけに専念した方がいいとおれも思う。夏の補習をさぼったことで、かなり危機的な事態におちいっているみたいだぞ」

「うっ」

自業自得とはいえ、現実は厳しい。

だけど。

やっぱり少しは勉強しておいた方がいいのかな、と、思わされたことが京都で何度かあったし……。

「なんとか卒業できるよう頑張ってみるよ」

瞬太が宣言すると、吾郎の大きな手が瞬太の頭をぽんぽんと軽くたたいた。

今年は無理かもしれないけど、と、瞬太が余計な一言を付け加えようとした時。

ついに分娩室から、赤ちゃんの産声《うぶごえ》が聞こえてきた。

ベンチに腰かけた三人は、へなへなとくずおれる。

「産まれた……ね！」

「やれやれ……」

ようやく緊張から解き放たれて、吾郎は破顔した。

「いや、よかったよかった」

「男の子よ！」

分娩室から聞こえるみどりの声がはずんでいる。

「男の子だって」

瞬太が二人に告げる。

「そうか、うん、なかなか元気な声だな」

「たしかに」

吾郎が嬉しそうに言うと、祥明も大きくうなずいた。

そうこうしているうちに気仙沼からも瑠海の婚約者の伸一《しんいち》とその母親、そして瑠海の母親が到着し、小さな赤ちゃんの誕生をみんなで祝ったのであった。

十三

翌日。

瞬太は朝七時に、みどりにたたきおこされた。

まぶしい朝の陽射しが、目につきささる。

京都で好きな時間に寝て、好きな時間に起きる生活をしていたので、朝起きるのがおそろしくつらい。

吾郎がはりきってつくったゴージャスな朝食を、うとうとしながら口に運ぶ。

「うまいか？」

「うん」

瞬太がうなずくと、吾郎は満足げに笑う。

昨夜みどりは瞬太を見た途端、はらはら泣きだした。

「瞬ちゃんは帰ってくるし、瑠海ちゃんの子供は生まれるし、なんて日なのかしら」

泣きながら瞬太を抱きしめる腕が、少し細くなっていた。

「母さん、やせた？」

「ついにダイエットに成功したのよ！」

みどりはかれこれ一時間は泣き笑いを続けたので、今日は目がはれぼったい。

「瞬ちゃん、行くわよ」

この暑いのに、みどりは気合いでスーツを着込んでいる。もちろん半袖だが、それでもかなり暑いはずだ。

瞬太は久しぶりに高校の夏服を着て、みどりと一緒に家をでた。

二人でだらだら汗を流しながら、飛鳥高校の校門をくぐった。

「いい、瞬ちゃん、あなたはインフルエンザから肺炎を併発して重症だったことにしてあるから。余計なことは絶対言っちゃダメよ。何を聞かれても、熱と咳でもうろうとしていたからよくわからないって答えてね」

「わかった」

みどりにきつく念をおされ、瞬太は神妙な面持ちでうなずく。

みどりが職員室の引き戸を開けると、山浦《やまうら》先生は椅子から転げ落ちんばかりに驚いた。

「ええっ、沢崎君⁉　本物⁉」

まるで幽霊を見たかのような反応である。

「よかった、元気になったんですね」

只野《ただの》先生は笑顔で喜び、迎えてくれた。

「ご心配をおかけしましたが、やっと学校に通えるまでになりました。それで、補習なんですけど……」

本来、補習は全日程出席しないといけないのだが、感染の危険のある病気だったということで、宿題で赦《ゆる》してもらえることになった。

「これ、全部やってきてくださいね」

先生たちに渡された問題集五冊の重みに瞬太はよろけそうになるが、やりたくないとは言えない。

「じゃあ早速、今日から補習にでてください」

「えっ、今日から!?」

「でないつもりだったんですか？」

「いえ、もちろんでます。頑張ってね！」

みどりに背中をパンとたたかれ、瞬太はしぶしぶうなずいた。

ついてこようとするみどりを何とか帰らせ、瞬太は教室へむかった。

もう一時間目の授業が始まっていたので、後ろの扉からそっと教室へ入ろうとする。

だが、瞬太が扉をあけたとたん、全員の視線が自分に集中するのを感じた。

「沢崎！」

「沢崎君じゃない！」

「よかった、生きてたんだな」

補習に出席していた十数名の生徒が、一斉に瞬太に声をかけてくれる。

「どこへ行ってたんだよ、おれ一人で補習受けてて寂しかったぜ！」

瞬太の背中をばんばんたたいて手荒い歓迎をしてくれたのは、いつも補習仲間の江本であった。


補習は午前中で終わったので、お昼は二人で上海亭へ行くことにした。

「久しぶりね、ずっと陰陽屋さんのアルバイト休んでたけど、もう大丈夫なの？」

ここでも江美子《えみこ》が、笑顔で歓迎してくれる。

「えーと、インフルからくる肺炎で大変だったんだけど、もう平気だよ」

「あらそう。よかったわね！」

江美子は、わかっているわよ、と、言わんばかりに意味ありげな笑みをうかべたが、ちょうどお昼時でお店が忙しかったせいもあり、それ以上は追及してこなかった。

「うお、本当に沢崎だ！」

「よかった、帰ってきたんだね」

上海亭にかけつけてきたのは、高坂と岡島である。

「え、どうして二人が？」

「江本がメールくれたんだ。昼飯は沢崎と上海亭に行くって。こりゃ予備校の夏期講習になんかでてる場合じゃないって、とびだしてきたのさ」

「僕もだよ」

二人も同じテーブルにつくと、冷やし中華を注文した。

岡島はおしぼりで顔をふくと、ひじで瞬太の腕をつつく。

「で、聞かせろよ。勇者瞬太の冒険を」

「そんなんじゃないよ」

瞬太は顔を赤くして、江美子がサービスでつけてくれた餃子を頬張った。

十四

男子高生四人は上海亭で昼食をとった後、アジアンバーガーに移動した。お茶のつもりが、結局ここでも、夏季限定の冷やしフォーを注文してしまう。

フォーの後、チェーという氷の入ったベトナムスイーツを食べていたら、なんと、倉橋《くらはし》と三井《みつい》があらわれた。

江本が気をきかせて、メールで知らせたらしい。

「沢崎君、心配したんだよ！」

かわいい声で叱られて、瞬太が顔をゆるませた途端、「なに喜んでるの」と倉橋に頭をはたかれた。驚く三井の顔がまたかわいかったので、少しも痛みを感じない。

三時すぎまでおしゃべりに興じた後、みんなに見送られ、瞬太は一人で陰陽屋へむかった。

地下におりる階段の上に立って、瞬太はため息をつく。

「祥明のやつ、四角い座敷を丸く掃くタイプだったのか」

大きなゴミこそ落ちていないが、階段の隅にほこりがつもっている。

「この調子じゃ店の中も……」

階段をおり、黒いドアをあけると、思わぬ人物が瞬太を待ち構えていた。

「瞬太ちゃん！」

プリンのばあちゃんこと仲条律子《なかじょうりつこ》である。

いつも堅苦しいくらいに生真面目《きまじめ》な律子に、ぎゅっと抱きよせられて、瞬太はびっくりした。ほんのり蚊取り線香のにおいがする。

「瞬太ちゃんが陰陽屋に戻って来たらすぐに教えてくれって、祥明さんに頼んでおいたのよ。でも慌ててとんできたから、プリンを持ってくるの忘れちゃったわ」

律子はいつ瞬太が戻って来てもいいように、三日に一度はプリンをつくっていたのだという。

「毎日主人に食べさせてたんだけど、おれはもうプリンなんか見たくもない、なんて言うの。ひどいでしょう？」

あの頑固オヤジを絵に描いたような律子の夫が、いそいそとプリンを頬張る姿を想像すると、なんだかほほえましい。

「明日はプリンを持ってくるわね」

「お待ちしております」

何度も振り返りながら、にこにこと立ち去る律子を、祥明と瞬太は見送った。

律子の姿が見えなくなると、祥明はくるりと瞬太の方をむく。今日は仕事用の白い狩衣《かりぎぬ》に青藍《せいらん》の指貫《さしぬき》だ。

陰陽屋に戻ってきたんだな、と、瞬太はほっとする。

「さて、キツネ君」

「掃除だね、わかってるよ」

「それもあるが」

祥明が休憩室のロッカーからとりだしたのは、新しい童水干《わらべすいかん》だった。

「えっ、どうしたのこれ⁉」

「前の童水干は三年間着続けて、だいぶくたびれていたから、新しいのにかえることにした」

「そうか、今まで着てたのは京都に置いてきちゃったからな」

昨夜は優貴子から逃げるのにいっぱいいっぱいで、荷造りどころではなく、身ひとつで東京に帰ってきたのだ。

「今朝、春記さんから電話があって、キツネ君が置いていった服を東京に送るって言われたんだが、何か仕込んできかねないから断っておいた」

ちなみに今回は、祥明の寝起きである朝十時すぎにかけてきたという。

「仕込むって何を？」

「盗聴器とか、盗撮カメラとか」

「なんで春記さんがそんなこと……のぞきが趣味なの？」

瞬太が腕を交差させ、胸を隠すしぐさをすると、祥明はあきれ顔をし、閉じた扇の先で瞬太の鼻をつついた。

「春記さんが学者で、おまえが化けギツネだからだよ」

「観察されてたの!?」

「当然だろう。春記さんは手段を選ばないから、ボタンやベルトに細工をするくらい平気でやるさ。伏見稲荷に来ていた春記さんの大学の学生だって、おまえにつけた見張りだったんじゃないのか？」

祥明の指摘に、瞬太は愕然とする。

だが、たしかに、偶然にしてはタイミングが良すぎた。もしかしたら、清水寺や映画村にも見張りがいたのかもしれない。

「それで昨夜、病院で京都で着ていた服を着替えろって言ったのか。おれだけ着替えさせられるなんておかしいと思ったんだよ。しかも服は捨てろとか言うし」

瞬太は頬をふくらませて文句を言う。

だが新しい童水干は嬉しい。

早速、袖を通してみる。

「あれ？　前のより少し大きい？　すごく着やすいんだけど」

「光恵《みつえ》さんがおまえのサイズにあわせて仕立ててくれたんだから、当然だ」

初江の弟子の光恵は、和裁の達人なのだ。

「……あ、ありがとう」

瞬太はちょっと照れながら、店内の掃除チェックをした。

案の定、目立たないところは手を抜いているようだ。

「よし、まずははたき、それからほうきだな！」

瞬太が掃除にとりかかって三十分もたたないうちに、さわやかな柑橘系の匂いのする若い男性が階段をおりてきた。

「雅人さん！　いらっしゃい」

「お、アルバイト少年、戻ったというショウの報告は嘘じゃなかったようだな。新しい制服もよく似合ってるぞ」

雅人はサングラスをはずし、大きくはだけたシャツの胸元にひっかける。そんな格好ができるのも、雅人ならではだ。

「うん、埃《ほこり》もたまってないな。よし」

満足そうである。

「祥明、雅人さんだよ！」

休憩室にむかって大声でよぶと、急いで祥明がでてきた。

「いらっしゃいませ」

「アルバイト少年、戻ってきたんだな」

「おかげさまで。そういえば葛城《かつらぎ》さんは戻って来ましたか？」

「あいつはまだなんだよ」

雅人は顔をしかめた。

「長いですね。また香港《ホンコン》にでも行ったんでしょうか？」

「かもな。まあそのうち帰ってくるだろう」

「そうですね」

行方不明も二度目なので、雅人も祥明もあまり本気で心配していない。

「葛城さん、またいなくなっちゃったの？」

「うん。どうもあいつは放浪癖があるようだな。瞬太君も、今度アルバイトを休む時には、ちゃんと届けをだしてから行くんだぞ」

「はい」

瞬太はぺこりと頭をさげた。


「葛城さん、どこへ行っちゃったんだろう」

祥明と一緒に雅人を見送りながら、瞬太はつぶやいた。

「時期的に颯子さんを捜しに行ったんだと思うが、颯子さんの方はとっくに東京に戻ってきてるんだよな」

「ひょっとして颯子さんが戻って来てることを、葛城さんは知らないの？」

「知らせようとしたんだが、携帯がつながらないんだ」

「また電池切れかな」

「ありうるな。もしくは誰かのように、携帯電話を持たずに旅にでたのか」

「う」

瞬太はばつの悪そうな顔で、三角の耳の裏をかく。

「おれが戻ってきたこと、颯子さんと……呉羽さんにも、連絡したの？」

何となく、まだ呉羽を、お母さんとは呼べない。

「ああ。だがおまえが落ち着くまで来ないでくれって頼んでおいた」

「そうか……」

化けギツネたちにあれこれ言われて、また瞬太が混乱し、逃げだしてしまうのを、祥明は警戒したのだろう。

「おまえにはこれを渡しておく」

祥明は四つにおりたたんだ白い紙をとりだした。

瞬太が紙をひらくと、そこには０９０ではじまる携帯電話の番号が書かれている。

「祥明、この番号はもしかして……」

「呉羽さんの番号だ。ショートメールも送れる。会いたくなったら、おまえから連絡しろ」

「わかった」

瞬太は白い紙を丁寧におりたたんで、懐《ふところ》にしまった。

自分はまだしばらくの間、みどりと暮らすことを選んだけれど、呉羽にもいつかちゃんと告げようと思う。

産んでくれてありがとう、と。

「よし、借金返済のためにばりばり働くぞ」

瞬太は自分に気合いを入れなおすと、先が白いふさふさの尻尾《しっぽ》をゆらしながら、軽快なリズムで店内にはたきをかけはじめたのであった。

あとがき

お久しぶりです、天野です。はじめましての方もいらっしゃいますでしょうか？

まずはみなさま、陰陽屋シリーズが十巻までたどりついたことに驚いておられるかと思いますが、一番驚いているのは私です。まさかこんなに長く続くとは……。

調べてみたところ、『陰陽屋へようこそ』の連載第一回がポプラ社の月刊誌「asta＊（アスタ）」に掲載されたのは、二〇〇六年十一月号のようです。（だから一巻の冒頭は秋なんですね。すっかり忘れてました！）

この十巻の発売予定日が二〇一八年三月なので、なんとここまでたどりつくのに、十一年半かかったことになります。

書くの遅すぎですね！（汗）

でも瞬太は一巻で中学三年生だったのが、十巻で高校三年生なので、陰陽屋の世界ではまだ三年八ヶ月しかたっていません。

連載開始の二〇〇六年を起点にするか、最初の単行本がでた二〇〇七年を起点にするかによりますが、瞬太が高校三年生の十巻ではまだ二〇〇九年か二〇一〇年くらいです。iPhoneは3Gが二〇〇八年に登場しているのですが、当然、瞬太も祥明も持っていません。春記さんは使いこなしていそうですが、うかつなことを書くと五年後に読み返した時に、あいたたたなことになりそうなので、携帯電話とSNSまわりは決してこまかい描写をしないように心がけています（笑）。

ついでに書けば、清水《きよみず》の舞台は二〇一七年から四年がかりの大規模改修に入っており、現在、がっつり足場が組まれてシートでおおわれている模様です。ですがこの作中では、前述のような事情で、まだ改修工事がはじまっていないことをお断りしておきます。

同様に、京都御所の見学も、二〇一六年からは予約不要になっていますが、それ以前は春秋の特定の期間を除き予約申請が必要でした。

ほんの数年でもいろいろ観光事情が変化してますね！

私の小説にはしばしば自分の実体験ネタがでてくるのですが、今回は稲荷山《いなりやま》迷子事件です。

あれは数年前の九月に、伏見稲荷神社に行った時のこと。

四ツ辻までのぼった時点で午後六時をすぎてしまい、根性無しの私は、さっさと山をおりることにしました。他の観光客のみなさんはまだ山巡りを続行されるようなので、私は一人で来た道を戻ります。

戻ったつもりでした。

が、どうも途中の分かれ道を間違えてしまったらしく、だんだんひと気《け》のない場所へ……。でもちゃんと整備された道だし、どこかにはでるはず、と、歩き続けたのですが、じわじわ薄暗くなってくるし、かなり焦りました。なんとか民家（?）の近くで掃除をしている人を見つけた時には、心の底からほっとしましたよ。道を教えてもらって、駅までたどり着いた時には、かなり暗くなっていました。

今思い出しても冷や汗ものです。

『タマの猫又相談所　花の道は嵐の道』の裏山迷子事件（これもあとがきに書きましたね）と『陰陽屋恋のサンセットビーチ』の成田空港寝袋夜明かし事件も実体験です。

人生ってハプニング満載ですね！

さて、この巻では妊婦の瑠海《るみ》ちゃんが引き続き登場しているのですが、子供がいる友人たちにつわりについて聞いてみたところ、「ご飯がまったく食べられなくて本当につらかった」という派閥と「ほとんどなかった」という派閥にぱっきり分かれるようです。中には「出産直前までつわりがひどくて、アクエリアスだけで生き延びた。うちの子はアクエリアスでできている」なんて人もいました。でもドクターには「水が飲めるうちは入院の必要はない」と言われたそうです。ひいぃ。

それでは十巻までおつきあいくださったみなさまに深く感謝しつつ、十一巻でまたお目にかかれるのを楽しみにいたしております。

二〇一八年春　　天野頌子

（追伸）近況はツイッターでお知らせしています（@AmanoSyoko）。ほぼ猫とテレビとゲームの話ですが、たまに仕事の告知もするので、気が向いたらチェックしてやってください。

参考文献

『現代・陰陽師入門　プロが教える陰陽道』（高橋圭也／著　朝日ソノラマ発行）
『安倍晴明　謎の大陰陽師とその占術』（藤巻一保／著　学習研究社発行）
『陰陽師列伝　日本史の闇の血脈』（志村有弘／著　学習研究社発行）
『陰陽師』（荒俣宏／著　集英社発行）
『陰陽道　呪術と鬼神の世界』（鈴木一馨／著　講談社発行）
『陰陽道の本　日本史の闇を貫く秘儀・占術の系譜』（学習研究社発行）
『陰陽道奥義　安倍晴明「式盤」占い』（田口真堂／著　二見書房発行）
『鏡リュウジの占い大辞典』（鏡リュウジ／著　説話社発行）
『野ギツネを追って』（D・マクドナルド／著　池田啓／訳　平凡社発行）
『狐狸学入門　キツネとタヌキはなぜ人を化かす？』（今泉忠明／著　講談社発行）
『キツネ村ものがたり　宮城蔵王キツネ村』（松原寛／写真　愛育社発行）
『安倍晴明「占事略决」詳解』（松岡秀達／著　岩田書院発行）
『易入門～正しい易占の要領～』（柳下尚範／著　虹有社発行）
『秘密のルノルマン・オラクル』（鏡リュウジ／著　遠藤拓人／絵　夜間飛行発行）